# Mes rêves au grand galop

Didier Jean et Zad
Illustrations de Didier Garguilo

# Mes rêves au grand galop

RAGEOT

*À Sacha Rousseaux,*
*pour qu'il continue d'avancer.*

Cet ouvrage a été imprimé sur un papier
issu de forêts gérées durablement,
de sources contrôlées.

PEFC™
10-31-2772

Certifié PEFC

Ce produit est issu
de forêts gérées
durablement et de
sources contrôlées.

pefc-france.org

IMPRIM'VERT
Votre imprimeur agit pour l'environnement

Couverture : Didier Garguilo.

ISBN : 978-2-7002-3958-4
ISSN : 1951-5758


Loi n° 49-956 du 16-07-1949 sur les publications destinées à la jeunesse

# Inès

J'habite une grande maison, la Lounade, un endroit calme, où il fait bon rêver. Elle est bâtie sur une cour pavée avec un jardin à côté. Le plus souvent, on entend les oiseaux, parfois un saxophone ou le vent dans les carillons suspendus aux arbres du verger. Certains sont déjà en fleurs. Les cerisiers et les pêchers ont sorti leurs plus beaux boutons et les bourgeons des pommiers pointent le bout de leur nez.

Notre hameau, blotti au creux d'une vallée, est cerné par une forêt de châtaigniers qui nous tient au frais l'été.

Mais aujourd'hui, pas le temps de m'y promener. C'est le branle-bas de combat. Ma mission, et je l'ai acceptée, est de passer l'aspirateur au rez-de-chaussée.

À l'étage, ma mère secoue énergiquement les tapis, chasse les moutons sous les lits… Comme toujours, quand mes parents ont des invités, il faut que tout soit parfait. Et pour que tout soit parfait, il y a La Liste.

Ma mère adore les listes. Chaque corvée effectuée, proprement rayée, est une victoire. De courte durée hélas, car de nouveaux objectifs sont sans cesse ajoutés.

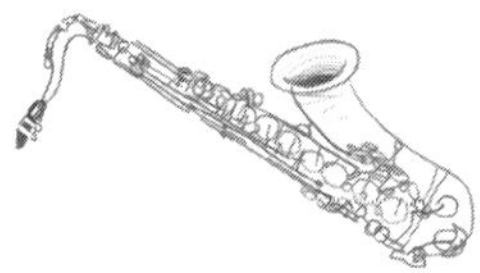

Une voiture s'annonce par un coup de klaxon. J'arrête l'aspirateur. L'escadron chargé du ravitaillement rentre à la base (point n° 1 sur La Liste). Raoul, mon père, suivi d'Ulysse, le chien, sort les courses du coffre, quand Fleur, ma mère, crie depuis le premier étage :

– Tu as pensé aux chipos ?

– Tu oses me poser cette question, malheureuse ? À moi ? Le Grand Maître du barbecue ? répond Papa en levant la tête.

Il faut dire que, même avec une liste, mon père est capable d'oublier la moitié des courses. Au magasin, il croise souvent deux ou trois « ronces » qui l'accrochent, des amis, des voisins, des stagiaires... et à force de parler avec les uns ou les autres, il finit toujours par rater une ligne sur La Liste. Ce qui donne une quiche aux olives sans olives ou un moelleux au chocolat... sans chocolat !

Il entre, les bras chargés de sacs volumineux.

– Qu'est-ce que tu as, ma chérie ? me lance-t-il en voyant ma tête.

– Je n'ai rien... J'espère juste qu'ils sont sympas, vos copains ! Qu'ils méritent tout ce grand ménage qu'on accomplit en leur honneur...

– Je suis comme toi, ma Toutouille, je ne les connais ni d'Ève ni d'Adam. Sabine est une copine de ta chère Maman. Elle vient avec son ami et leur fils. Il n'y a pas de quoi stresser !

– Va expliquer ça à Maman... Ça fait trois jours qu'elle nous tape sur les nerfs avec ses préparatifs, dis-je en soupirant. Et puis arrête de m'appeler Toutouille, Papa, j'ai treize ans !

Je le suis dans la cuisine et ensemble, on déballe les courses. Ma mère nous rejoint aussitôt.

– Sabine vient de m'appeler, annonce-t-elle. Ils ont quitté l'autoroute, ils seront là dans une heure. Ah, au fait ! Avant que j'oublie, tu as eu deux réservations pour ton stage.

– Très bien, très bien, répond mon père avec satisfaction. Bon, je vais préparer la braise…

Je ne suis pas pressée de retourner à mon aspirateur. La bouche pleine de questions, j'observe ma mère qui, sans perdre un instant, commence à mélanger de la farine et du beurre. Elle pourra bientôt rayer « gâteau » sur La Liste.

– Tu prépares quoi ?

– Ma tarte poires-chocolat.

– Oh ! Tu sors le grand jeu. Ça doit être important pour toi, cette visite !

Elle malaxe soigneusement le beurre dans la farine jusqu'à l'émietter. Puis elle verse doucement un peu d'eau avant de travailler à nouveau sa pâte.

– Ta copine, Sabine, tu l'as connue comment ?

– À la maternelle, c'était ma meilleure amie. Plus tard, on a suivi les mêmes études…

– Ah bon ? Elle aussi est prof d'allemand ?

– Eh oui ! Nous sommes encore nombreux en collège !

– Pourquoi tu ne nous l'as jamais présentée, ta super copine ?

Ma mère prend son temps pour répondre. Avec sa pâte, elle forme une boule qu'elle pose sur une coupelle pour la mettre au frigo.

– Tu es bien placée pour savoir, ma petite caille, que la vie nous emmène sur des chemins imprévisibles. Elle se charge aussi parfois de couper les liens les plus solides…

– Et vous deux, comment avez-vous renoué le fil ?

– Tu te rappelles ce stage de formation que j'ai suivi à Paris avant Noël ? Sabine y était ! Tu imagines deux amies qui se retrouvent après treize ans de séparation, tout ce qu'elles peuvent avoir à se raconter ?

Je hoche la tête.

– C'est comme Sasha et moi. Si on ne se voit pas pendant une journée, on est en manque. Je comprends mieux pourquoi tu nous stresses autant !

Nous échangeons un regard complice. Et après un sourire, elle reprend :

– Chacune de notre côté, nous avons fait notre vie, avons eu un « petit ». Sébastien et toi avez le même âge. J'espère que vous vous entendrez bien. Je compte sur toi pour l'accueillir gentiment et le mettre à l'aise... Tu feras un effort, ma choupinette ?

– Maman !!! S'il te plaît ! Fais un effort, toi aussi. J'ai treize ans. Tu oublies ma choupinette. Maintenant, tu m'appelles Inès, comme tout le monde ! Et puis, pour que ça se passe bien avec le fils de ta copine, ça ne dépend pas que de moi ! J'espère que ses parents lui auront donné des consignes identiques...

Et je quitte la cuisine en poussant sèchement les roues de mon fauteuil roulant.

## Inès

– Les voilà ! J'entends la voiture qui monte le chemin, s'écrie ma mère en se précipitant tout excitée dans la cour.

Papa et moi la regardons par la fenêtre, amusés.

– On dirait que Maman retombe en enfance…

Soudain, le véhicule fait une embardée et quitte l'allée étroite pour verser dans le fossé.

Je soupire :

– Ça commence bien.

– Et un sauvetage, un ! claironne mon père.

– Papa, ça devient une habitude… La voiture du facteur le mois dernier. Celle de Papy et Mamie aux vacances de Noël… Bientôt, plus personne ne voudra venir chez nous.

– Tu as raison, il va falloir élargir le passage.

Nous sortons, lui poussant mon fauteuil, pour juger l'étendue des dégâts. Tant bien que mal, les trois passagers s'extraient de l'auto plus très mobile. Le premier à les accueillir est Ulysse. N'ayant pas oublié ses lointaines origines de « Terre-Neuve », il lèche les mains et les visages des malheureux accidentés, qui n'en demandent pas tant.

On se sourit, on se serre la main, on s'embrasse.

Même si je n'ose pas le regarder en face, je remarque tout de suite que le « petit » dont ma mère parlait mesure facilement 1,70 m, chausse à vue de nez du 43 ! Et qu'il est plutôt mignon.

Après les présentations, mon père propose d'aller chercher Michel, le voisin, qui a un tracteur.

– On va sortir votre voiture de là, ne vous inquiétez pas !

– En attendant, nous pourrions vider le coffre, suggère Sabine.

– Si tout le monde s'y met, on n'en a pas pour longtemps, ajoute Dimitri, son ami.

Je réclame avec insistance de porter une valise sur les genoux et nous rejoignons la maison.

Dimitri, balayant du regard la façade, annonce :

– Je m'installerais bien ici, avec mon carnet à dessin. Elle m'inspire, votre maison.

Se tournant vers Maman, Sabine explique :

– Il ne part jamais en vacances sans emporter de quoi dessiner.

– Ravie de savoir que la maison vous plaît. Venez, nous allons vous indiquer vos chambres. Inès, tu guides Sébastien ? propose ma mère.

Et elle entraîne les visiteurs à l'étage, me laissant seule avec ce garçon.

– Tu vois, ma chambre est là. Si tu as besoin de quelque chose… On t'a installé dans le bureau, viens, je vais te montrer.

J'ajoute :

– Et la salle de bains est ici. Ça ne te dérange pas de la partager avec moi ?

La pièce est entièrement couverte d'une mosaïque grandiose où des hippocampes évoluent au milieu d'un fond marin mêlant algues, étoiles de mer et coraux. Elle provoque en général des exclamations enthousiastes.

Sébastien, lui, ne dit rien, mais son air blasé dissimule à peine un regard admiratif.

– C'est mon père qui l'a réalisée. Pas mal non ?

– Pas mal…

Je ne me démonte pas pour si peu. Je le conduis à sa chambre pour qu'il pose sa valise, puis, soucieuse de ne pas décevoir ma mère, je tente à nouveau de nouer le dialogue :

– Il est sympa ton collège ?

– Je croyais que c'était les vacances ! On ne peut pas parler d'autre chose ?

– Et tu veux parler de quoi ?

– Pour l'instant, je voudrais surtout parler à un pote, répond-il en s'emparant de son portable.

– Tu vas avoir du mal, il n'y a pas de réseau ici.

– Je le crois pas… Tu me fais marcher ?

– Moi, si on me faisait marcher, je ne m'en plaindrais pas… Mais non, je confirme. Il n'y a pas de réseau. Par contre, si tu veux appeler de la maison, je peux te montrer où est le téléphone, dis-je, conciliante. On a l'ADSL illimité.

Sans même me regarder, les yeux vissés sur son écran, Sébastien ricane :

– Oh là là, c'est moderne ici !

D'un tour de roues, je me détourne et le laisse en plan.

On ne pourra pas dire que je n'ai pas essayé.

Je rejoins ma mère et Sabine qui préparent l'apéro sur la terrasse. Sébastien me suit de loin et s'installe nonchalamment sur une chaise.

Papa et Dimitri reviennent accompagnés de Michel, le voisin.

– Ça y est, la voiture est sortie d'affaire ! Son pare-chocs est un peu cabossé, mais ça lui fera des souvenirs…

– On a raté notre entrée, plaisante Sabine, mais grâce à vous, la sortie est réussie.

– Raoul, tu t'occupes des saucisses ? lance ma mère. Et vous, Michel, vous resterez bien avec nous pour l'apéritif ?

– Non, je ne veux pas déranger. Je vous laisse entre jeunes.

Pourtant, il ne se fait pas trop prier pour s'asseoir à la table installée sous la charmille.

– Après tout, plus personne ne m'attend à la maison. Sauf le chat, mais à cette heure-ci, Môssieur paresse quelque part au soleil…

Papa remplit les verres de son cocktail de mangue à la noix de coco (neuvième sur La Liste...) et on commence à faire connaissance. Du moins du côté des adultes car, entre Sébastien et moi, c'est plutôt le calme plat.

Mon père propose un tour complet de la maison. Comme à chaque fois que l'on a du monde, il vante les mérites des solutions écologiques qu'il a choisies pour équiper la Lounade : chauffage solaire, récupération d'eau de pluie, toilettes sèches...

Je l'interromps :

– Prenez des forces avant la visite. Ça peut s'éterniser.

Et je tends aux invités un plateau couvert de canapés préparés par mes soins (n° 7 sur La Liste).

Tout à leur rencontre, les parents ne nous prêtent plus aucune attention. Sébastien pianote frénétiquement sur le clavier de sa console.

Il me snobe ? D'accord ! S'il veut jouer à ce jeu-là, je suis prête... Je m'éclipse discrètement.

## Sébastien

Yes ! J'y suis ! J'ai franchi le niveau 5 !

Satisfait, je me redresse et j'aperçois la fille sortir de la maison en me lançant un regard de défi.

Qu'est-ce que j'ai fait encore ?

En deux, trois tours de roues, elle se retrouve à quelques centimètres de ma chaise et ouvre négligemment la tablette posée sur ses genoux.

Une tablette numérique ! J'en rêve… Mes grands-parents voulaient m'en offrir une à Noël, mais vu mes résultats, mon père a mis son veto.

Une tête de cheval apparaît en fond d'écran. D'un simple effleurement de doigt, la fille lance une application.

Fasciné, j'ai du mal à cacher ma curiosité. Pourtant, je me retiens de lui poser une question, elle serait trop contente.

Alors, pour donner le change, je tente de me concentrer sur une nouvelle partie... Mais ma console me semble soudain sans aucun intérêt.

Le voisin se lève pour prendre congé :

– Bon, c'est pas tout ça, j'ai une soupe qui m'attend. Faudra venir dessiner ma maison, hein ! Et la fontaine que Raoul a couverte de mosaïque.

– Si on passait à table, nous aussi ? s'exclame la copine de ma mère.

Ce n'est pas trop tôt ! J'ai une de ces dalles.

Monté sur ressorts, son mari bondit de sa chaise.

– Zut, mes saucisses !

Il se précipite à l'arrière de la maison et revient quelques instants plus tard, dépité.

– Elles ont brûlé.

Inès, sarcastique, lui lance :

– Je t'avais dit, Papa, de construire le barbecue dans la cour.

– C'était pour éviter les odeurs...

– Justement, les odeurs ça permet de prévenir quand c'est cuit.

– Ce n'est pas grave, rétorque sa femme, il y a de quoi manger pour un régiment.

Mon père propose de donner un coup de main et Raoul l'entraîne dans la cuisine. Ma mère et sa copine Fleur, trop pressées de se retrouver, filent s'installer côte à côte sur un canapé.

Et moi, je les suis, regrettant d'être là, alors que j'aurais pu passer des vacances cool avec les copains...

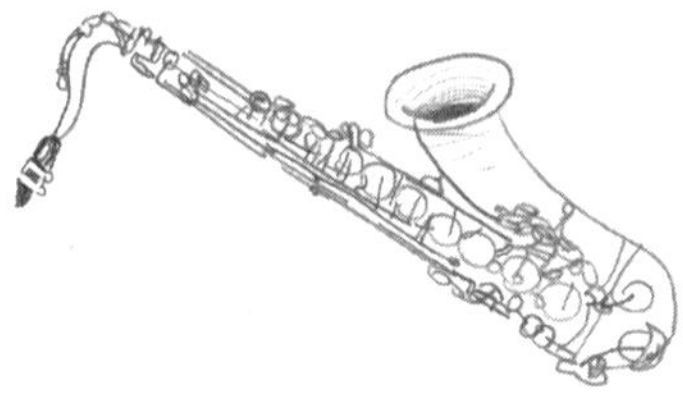

Inès est en train de sortir des assiettes d'un buffet. Aussitôt, ma mère me lance un regard appuyé que je traduis facilement par :

*Tu pourrais l'aider à mettre la table.*

À contrecœur, je m'approche de la fille :

– Attends, je vais le faire !

– Mais non, proteste-t-elle froidement. Je m'en occupe.

Comme je dois avoir l'air penaud, elle s'adoucit un peu :

– Excuse-moi. Mais je peux très bien me débrouiller seule !

– D'accord, d'accord, t'énerve pas, c'était juste pour t'aider.

– Moi, j'en ai marre qu'on veuille toujours m'aider. Comme si j'étais une incapable.

– C'est pas une raison pour m'incendier !

– Oh laisse tomber, tu ne peux pas comprendre, bougonne-t-elle.

C'est sûr, je ne peux pas comprendre. Elle m'engueule parce que je veux lui rendre service ! N'importe quoi.

Après le repas, mon père, repu, se cale dans son fauteuil.

– C'est bien chez vous… Qu'est-ce que c'est calme !

– Tout de même, vous ne vous ennuyez pas de temps en temps ? demande ma mère.

– Tu parles, je lâche entre mes dents, c'est un trou ici.

Inès, qui m'a entendu, rétorque avec un regard noir :

– Faut pas croire ! On s'ennuie ni plus ni moins qu'en ville.

– Les musées, le cinéma, ça ne vous manque pas ? insiste Papa.

– On a deux cinés et un théâtre à moins d'une demi-heure, répond Raoul fièrement.

– Question expos, c'est sûr, on ne risque pas l'indigestion, ajoute Fleur. Mais c'est l'occasion de monter à Paris. Dernièrement, on a adoré l'exposition Monet. Vous avez dû la voir ?

Mes parents se regardent en silence. J'en profite pour intervenir :

– Bah justement, celle-là, on l'a manquée.

– C'est vrai, concède mon père, mais tu aurais pu éviter de le dire !

Raoul se lève, impatient :

– Vous êtes prêts pour la visite ?

Peu pressé de les suivre, je m'étire en bâillant :

– Je croyais qu'à la campagne, la sieste était obligatoire…

– Encore une idée reçue ! me lance celle qui a décidé de me pourrir mes vacances.

# Sébastien

Au moment où tout le monde se lève, j'essaie de m'éclipser, mais ma mère m'attrape discrètement par la manche :

– Tu restes avec nous !

Passant de pièce en pièce, Raoul décrit la lente métamorphose de la vieille grange en bâtiment « bioclimatique ». Sa fille avait raison, le tour du propriétaire risque de prendre du temps.

En traversant le salon, j'aperçois un saxophone posé sur son socle près d'un mur. Je n'ose pas demander qui en joue, mais mon père le fait à ma place.

– C'est moi, répond Fleur.

– Oh, je ne savais pas ! s'exclame Sabine. Tu ne m'en as pas parlé quand on s'est retrouvées au stage !

– Il y a beaucoup de choses dont nous n'avons pas parlé, ma belle. C'est bien pour ça que nous nous revoyons une semaine…

– J'espère que nous aurons droit à une petite démo, réclame mon père.

Dans la salle à manger, alors que Raoul montre fièrement ses enduits sur les murs, ma mère remarque une photo représentant une fillette sur un cheval, une médaille autour du cou.

– C'est toi, Fleur ? Je ne savais pas non plus que tu avais fait de l'équitation !

Son amie se détourne sans répondre. Notre guide, lui, reprend aussitôt sa visite pour tenter de combler le silence gêné qui s'est installé. Maman n'insiste pas mais on sent bien qu'elle a touché un point sensible.

– Suivez-moi dans la cuisine, je vais vous montrer mon système de filtration d'eau à osmose inverse… Surtout, prévenez-moi si je vous ennuie !

– Évidemment que tu les ennuies, râle Inès, même s'ils n'oseront jamais te le dire.

Cette fois, je suis d'accord avec elle.

– Pour produire l'eau chaude, poursuit Raoul imperturbable, j'ai installé un chauffe-eau solaire en thermosiphon et pour l'électricité, j'ai une petite éolienne qui…

– Mais Papa, tu les gonfles avec ta conférence sur l'éco-habitat !

– Écoute, ma grande, rétorque son père, ce n'est pas parce que le sujet ne te passionne pas qu'il n'intéresse pas les autres !

Vexée, Inès nous abandonne et nous poursuivons la visite en montant à l'étage.

Moi aussi je les abandonnerais bien, les parents. Par exemple, je me poserais volontiers devant un écran avec un accès internet, histoire d'oublier que je suis coincé là, loin du monde, pendant une semaine…

# Inès

Un quart d'heure plus tard, la petite troupe redescend enfin l'escalier. Moi, je suis tranquillement installée près de la fenêtre avec un bouquin.

– Alors, Papa vous a fait la totale ? Avec ou sans les toilettes sèches ?

– Avec ! me répond le garçon sans cacher une grimace.

– N'empêche ! Des W-C qui ne consomment pas une goutte d'eau, c'est génial, non ? s'écrie Dimitri.

Papa m'interpelle :

– Dis donc, ma Toutouille, pourquoi ne pas emmener Sébastien dans ta chambre ? Vous pourriez écouter de la musique et apprendre à vous connaître.

Je le fusille du regard.

– Je ne vois pas de *Toutouille* ici.

Je me tourne vers le garçon qui ricane et lui fais signe de me suivre.

– Si ça t'intéresse…

Une fois dans ma chambre, je lui indique le lit où il peut s'asseoir.

– Tu veux écouter quoi ?

– Ça dépend de ce que tu as. Moi en ce moment, j'adore *Destroy the Runner*, me répond Sébastien les yeux brillants tout d'un coup. Mais tu dois pas connaître… C'est du metalcore…

– Non, c'est sûr, je ne peux pas connaître, on est des ploucs, par ici.

Sans relever l'ironie, il poursuit :

– Et tu dois pas avoir non plus *Decapitated*, c'est du death metal…

Un peu agacée, je lance :

– Non, en métal, ici, il n'y a que la voiture, les casseroles et les outils !

– Très drôle ! réplique-t-il. Alors tu écoutes quoi, toi ?

Pour toute réponse, je pose un CD sur la platine.

Les sons mêlés d'un accordéon et d'un violon envahissent ma chambre.

– C'est *Kreposuc*, un groupe de trad, je précise.

Sébastien pousse un gros soupir avant de se vautrer sur mon lit, faisant mine de s'intéresser à son portable. Mais ça ne « passe » toujours pas.

Lorsque les notes un peu grinçantes de la vielle entrent dans la danse, il se redresse en se bouchant les oreilles.

– Comment tu peux supporter ça ?

– Et ton hard-rock distordant, tu crois qu'il ne fait pas mal à tes oreilles si délicates ?

– Peut-être, mais moi, je ne t'oblige pas à l'écouter !

Boudeur, il sort son lecteur audio. Le son est tellement fort qu'il passe à travers le casque. Pour l'embêter, j'augmente le volume de ma platine CD, pourtant il ne réagit pas.

Excédée, je lui arrache son casque et crache ma colère :

– Voilà deux heures que je te connais. Deux heures que tu joues les blasés, deux heures que tu râles. Tu as deux jambes valides toi, et tu n'es jamais content ! Quand tu veux, on échange nos places ! D'ailleurs, si ma musique ne te plaît pas, profites-en, tu peux marcher, personne ne te retient !

– Oh là ! Tu as vu comment tu me parles ? Tu te crois supérieure peut-être ? Vous êtes trop drôles à regarder, la famille « Moi-je-sauve-ma-planète ». Un vrai spectacle ! Les toilettes sèches, on me l'avait jamais faite celle-là !

– Quoi, les toilettes sèches ? Elles te dérangent ? Tu t'es déjà demandé où elle allait, ta merde ? Nous au moins, on s'en préoccupe ! Mais celle que tu as dans le cerveau t'empêche de le comprendre !

Sébastien rétorque en montrant les posters sur les murs de ma chambre :

– Et ça te sert à quoi de regarder tous ces chevaux alors que tu pourras jamais monter ?

Il sort en claquant la porte.

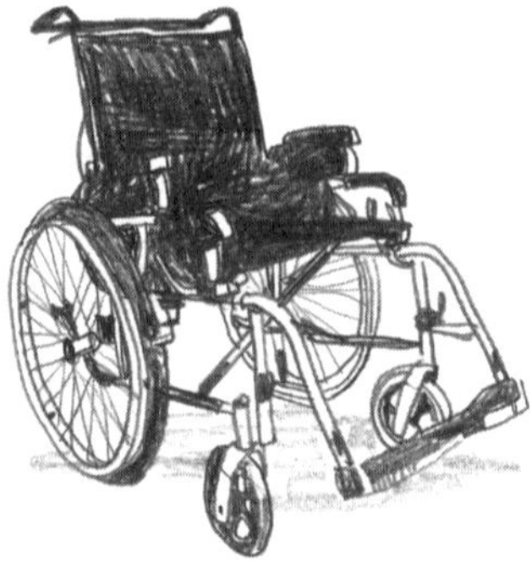

## Sébastien

Je traverse la salle à manger. Personne. Tant mieux, je n'ai pas envie de parler. J'ai l'intention de me réfugier dans la voiture avec mon casque sur les oreilles et qu'on me fiche la paix. Mais j'entends la voix de Raoul, qui vient de la terrasse :

– On dirait que le courant ne passe pas trop entre eux…

– Je dirais plutôt qu'ils ont mis le doigt dans la prise, corrige mon père.

Ça y est, c'est reparti ! Quand des parents rencontrent d'autres parents, de quoi parlent-ils ?

– C'est sûr que notre fille a son caractère, reconnaît Fleur. Surtout depuis son accident. Elle a perdu beaucoup de sa légèreté.

– En tout cas, si on veut avoir la paix, il faudrait trouver de quoi les occuper, ces jeunes, suggère Raoul. Demain, je pourrais les emmener au cinéma. Ils finiront bien par se trouver des points communs.

À commencer par leurs parents débiles et ringards ! me dis-je en sortant de la maison.

Le lendemain, comme prévu, Raoul nous emmène au cinéma. Sa fille a repéré un film qui l'intéresse dans la salle avec accès handicapé.

À la force de ses bras, elle se hisse précautionneusement dans la voiture. Son père replie le fauteuil avec les gestes précis d'une personne habituée à ce genre d'exercice.

Durant le trajet, Raoul essaie d'entretenir la conversation, mais ni elle ni moi ne lui renvoyons la balle et il finit par allumer la radio.

Devant le cinéma, la place réservée aux handicapés est déjà prise. On doit s'éloigner pour trouver un autre parking. À nouveau, c'est le rituel du fauteuil que l'on déplie où Inès s'installe. Entre les trottoirs trop hauts, les voitures garées en travers et les canettes qui traînent, le père et la fille ont bien du mal à se frayer un chemin. Je les suis légèrement en retrait.

Arrivé devant le ciné, Raoul découvre que la place réservée est occupée par une voiture sans macaron.

– J'en étais sûr ! s'énerve-t-il. Ce n'est même pas un handicapé qui s'est garé là ! À chaque fois c'est pareil.

Il parle fort et les spectateurs qui font la queue se retournent vers nous. J'ai honte... D'ailleurs, je ne suis pas le seul.

– C'est bon, Papa ! Arrête ! supplie Inès toute rouge. Laisse-nous maintenant, on se débrouille. Promis, on t'appelle en sortant pour que tu viennes nous chercher, d'accord ?

– Tu es sûre ? Tu ne veux pas que je t'accompagne jusqu'à la salle ?

– Non, je t'assure, ça ira.

– D'accord ma chérie ! À tout à l'heure, amusez-vous bien ! répond son père en se tournant vers moi. Tu me remplaces, Sébastien ? ajoute-t-il en s'éloignant.

À contrecœur, je me place derrière le fauteuil d'Inès, mais elle me rejette sèchement en détachant chaque mot :

– Je n'ai pas besoin de ton aide !

Décidément, qu'est-ce qu'elle a mauvais caractère…

Comme nous nous dirigeons vers la file d'attente, j'attrape un programme.

Au menu : un film d'action, un fantastique, deux comédies, un drame, un thriller et un film d'art et essai brésilien sous-titré en français. Je lui lance :

– Je parie que tu as choisi le film en VO !

Elle me chipe le programme.

– Et toi, ça va être… attends que je réfléchisse… Ah oui, *Aliens VS Transformers*…

– Non, raté, c'est *Evil forever.*

– C'est pas mieux, remarque ! Écoute, nos parents veulent qu'on soit amis, et moi, je ne veux pas gâcher leurs retrouvailles. Alors on va voir un film chacun de notre côté, rendez-vous à la sortie pour appeler mon père ! Tiens avance, c'est ton tour.

– Jolie ta tirade, mais ça t'arrive d'être aimable des fois ? Remarque, deux heures sans toi, ça me fera des vacances.

# Inès

Sébastien achète sa place et s'éloigne sans un regard pour moi. Mais lorsque je veux prendre mon billet, j'apprends que mon film a changé de salle.

Furieuse, je m'en prends au caissier :

– Attendez ! Dans le programme, vous l'annonciez en salle 4. La salle 5 n'a pas de rampe d'accès handicapé. Je fais comment, moi ?

– Allez voir l'autre film, qu'est-ce que vous voulez que je vous dise ! me répond l'employé pressé d'évacuer le problème.

– Mais il ne m'intéresse pas votre navet ! Ce n'est pas parce que je suis en fauteuil roulant que je suis une abrutie ! Je préfère encore m'en aller…

Et je quitte le cinéma sous les regards mi-gênés, mi-compatissants des autres spectateurs.

Bon ! Je suis bien élevée. Je ne vais pas hurler mon désespoir en pleine rue. Sur le trottoir, je respire profondément pour essayer de me calmer. Pourtant rien à faire, la violence qui me submerge me pousse à rouler, juste rouler pour retrouver la sérénité. Alors, je file de rues en boulevards, en essayant d'évacuer ma colère.

Je suis dégoûtée, fatiguée de cette vie si compliquée. Tête baissée, le ventre noué, je me faufile à toute allure entre les obstacles. Les passants, effrayés par ma détermination, s'écartent prudemment.

Soudain, un type surgit en travers de ma route, poussant devant lui un conteneur à poubelle. Il me bloque le passage, mais, d'un brusque mouvement des roues, je vire à droite et saute du trottoir sur le macadam. Une voiture qui débouche au même moment pile violemment à quelques centimètres de mon fauteuil.

– Non mais ça va pas ! hurle le chauffeur.

Je ne lui jette pas un regard et poursuis mon chemin sans manifester la moindre émotion.

C'est seulement aux abords d'un parc que je commence à ralentir. Est-ce la lumière du soleil à travers les jeunes pousses des arbres ou l'air printanier qui me fait lever les yeux ?

J'ai l'impression de me réveiller et je réalise que j'ai rejoint un quartier familier.

Une voix connue m'interpelle :

– Que fais-tu donc là, ma Ninès ?

Cette femme vive, élégante, aux cheveux blancs coupés court et aux yeux pétillants, qui vient d'apparaître comme par enchantement, c'est Mamège, ma grand-mère. Depuis ma petite enfance, je l'appelle comme ça, mais son vrai prénom, c'est Nadège.

– …

– Oh toi, tu n'es pas dans ton assiette ! me lance-t-elle en attrapant les poignées du fauteuil. Je t'invite à boire un bon chocolat chaud et tu m'expliques tout !

Une fois installées dans le salon de thé, je lui raconte ma mésaventure, en lui faisant promettre de ne rien dire aux parents. Ça ferait des histoires.

– Tout de même, c'est scandaleux ! s'exclame Mamège. Ils vont m'entendre, au cinéma ! Je vais leur écrire une lettre dont ils se souviendront, tu peux me croire !

Je souris avec tendresse à ma grand-mère qui ne manque jamais d'exprimer son mécontentement par des courriers enflammés. La dernière fois, c'était une lettre de protestation au directeur d'un restaurant dont l'accès était impossible aux personnes en fauteuil roulant.

Je déguste ma forêt-noire et Nadège sa tarte au citron. Peu à peu, je m'apaise. Une heure plus tard, elle me raccompagne devant le cinéma où elle me quitte avec un clin d'œil complice :

– Promis ! Ce sera notre secret.

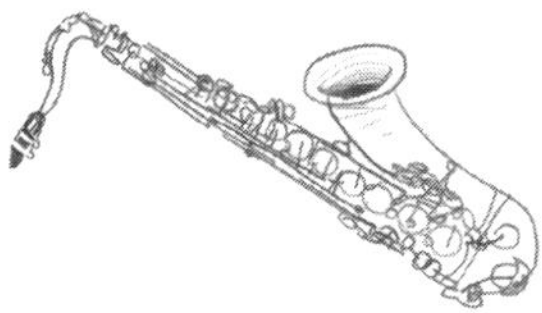

Le soir au dîner, les parents nous interrogent à propos du film que nous avons vu durant l'après-midi. Je garde le silence, je ne compte pas leur avouer mon escapade en solo. Mais Sébastien ne se fait pas prier. Il raconte en quelques phrases imagées une histoire à rebondissements, sortie des cerveaux d'au moins sept scénaristes hollywoodiens. L'histoire d'un type ordinaire qui réussit à sauver le monde.

– C'était vraiment bien, conclut-il. Surtout les effets spéciaux !

– Et toi, ça t'a plu ? me demande ma mère, étonnée.

Au lieu de lui répondre, je toise Sébastien et lui lance :

– Tu vois, finalement, toi aussi tu les aimes, les gens qui veulent sauver leur planète.

## Sébastien

– Sébastien, mon chéri ! Réveille-toi ! Il est déjà tard. On t'attend pour aller à la foire.

Ma mère a glissé la tête dans l'entrebâillement de la porte. Je regarde ma montre. 10 h 25.

– Maman, c'est les vacances, je peux rester au lit ?

Mon père l'a rejointe :

– Ce serait bien de partir. Pour les bonnes affaires, c'est avant 11 heures !

Je me renseigne :

– C'est quoi cette foire ?

– Un grand marché plein de petits producteurs, précise-t-il.

La voix de Fleur s'élève dans le couloir :

– Et il y a aussi des super fringues !

C'est pas vrai ! Ils sont tous derrière ma porte…

– Justement, j'ai besoin d'une jolie robe d'été, s'exclame ma mère.
– Et tu as besoin de moi pour la choisir ? je demande.
Raoul prend alors ma défense :
– Laissez-le donc dormir ! Il ne va pas se sauver.

Une fois la porte refermée, j'essaie de retrouver le chemin du sommeil, mais rien à faire, je suis bien réveillé. Et en plus, j'ai faim. J'attends tranquillement qu'ils soient partis avant de sortir du lit. Premier objectif : la cuisine… où je tombe nez à nez avec le père d'Inès.
– Ah, tu es là ? je m'étonne. Tu n'es pas allé à la foire avec les autres ?
– Et toi, tu es déjà debout ? me demande-t-il à son tour. Je suis resté pour que tu puisses dormir…
Je m'étire sans répondre.
– Bon, ne t'inquiète pas, je te fiche la paix. Tu trouveras tout ce dont tu as besoin pour déjeuner sur la table. Je suis dans mon atelier, viens me voir si tu veux !

Profitant de ma solitude, j'engloutis une demi-tourte de pain copieusement tartinée de beurre et de miel.

Le ventre plein, je vais m'installer tranquillement sur le banc de la terrasse, mon casque sur les oreilles.

Le soleil d'avril a envahi la cour. Je ferme les yeux. On dirait que l'été est arrivé. Je le sens sur ma peau.

Un léger mouvement du banc me sort de ma bulle. Raoul s'est assis à côté de moi et me parle, m'obligeant à retirer mon casque.

– Dis ! Tu ne veux pas m'aider ? Il faut que j'épluche des patates. À deux, ce sera plus marrant.

D'habitude, je m'y connais pour slalomer entre les corvées. Je déclare invariablement :

« – Oh non, Maman ! Il faut que je bosse mes maths.

Ou alors :

– Mais Papa, je n'ai pas le temps de t'aider, tu ne te rends pas compte, avec tout le travail que les profs nous donnent ! »

Aujourd'hui, face à cet adulte que je ne connais pas bien, il me semble impossible d'y échapper. Et puis, les yeux fermés à écouter de la musique, je n'ai pas vraiment l'air de travailler…

Dans la cuisine, Raoul farfouille un moment au fond d'un grand tiroir où il finit par dénicher deux économes. Il m'invite à m'asseoir autour de la large table en bois, puis, sans perdre un instant, il s'empare d'une pomme de terre qu'il commence à éplucher. Je l'observe à la dérobée.

– Tu as un problème, mon grand ?

Je ne réponds pas.

– Ne me dis pas que c'est la première fois que tu épluches une patate ? s'écrie Raoul, étonné.

– Ben si. On ne m'a jamais demandé…

– En treize ans d'existence, on ne t'a jamais demandé un coup de main en cuisine ? Dis-moi plutôt que tu as su esquiver avec talent !

Il entreprend aussitôt mon éducation :

– Bon regarde, ce n'est pas compliqué. Avec ta main gauche, tu tiens la pomme de terre comme ceci. Et avec ton autre main, tu passes l'épluche-légumes de haut en bas comme cela. Voilà…

Une ou deux minutes s'écoulent. Je m'applique en silence.

Mais Raoul n'aime pas le silence. Il tente une question :

– Tu pratiques un sport ?

– Non…

– Même pas du vélo ou du roller ? insiste-t-il.

– Même pas !

Je lâche un soupir, un peu agressif :

– C'est marrant, vous, les parents, vous voulez toujours qu'on fasse du sport. C'est fatigant le sport. On transpire, on se blesse et en plus il faut être le meilleur.

Raoul, un peu désarçonné par ma tirade, cherche ses mots avant de poursuivre :

– Et ça se passe bien dans ton collège ?

– Mhumm… Faut le dire vite !

– Ben vas-y raconte !

– Je m'ennuie du matin au soir… Et je ne suis pas le seul ! Pendant les cours, je regarde ma montre, en attendant la sonnerie pour me lever et rejoindre les copains.

– À ce point ?

– Ben ouais.

– Il n'y a pas une matière qui t'intéresse ?

– Si, j'aime bien le dessin, mais ça compte pour rien. J'ai beau essayer de me concentrer sur ce que les profs racontent, je n'y arrive pas.

– Pas non plus de cours de théâtre ou de danse dans ton collège ?

– La danse ? C'est pour les filles !

– Arrête ! Moi j'en ai fait quand j'avais ton âge. C'est vrai, on n'était que deux garçons. Mais au milieu des plus belles filles du bahut. Les autres mecs étaient jaloux, ils nous traitaient de tous les noms. Hé hé, la bonne place, c'est nous qui l'avions !

Un petit sourire flotte sur les lèvres de Raoul tandis qu'il travaille, le regard vide, à moins qu'il ne soit plein de ces jeunes filles dont il vient de parler…

Je n'ose pas interrompre ses pensées, pourtant j'aimerais bien en finir avec ces fichues patates. Je commence à avoir une ampoule.

Soudain, le père d'Inès se secoue, s'essuie les mains dans un torchon puis s'exclame :

– Mince ! On en a épluché trop. Ça ne rentrera jamais dans ma cocotte. Ben au moins, ce matin, je t'aurai appris quelque chose. Et ce n'est pas terminé ! Toi et moi, nous allons préparer un millassou.

J'aurais dû rester au lit… Bon ! Maintenant que je suis là, autant faire bonne figure.

Notre équipe s'organise. Je lave les pommes de terre, je les sèche, puis les passe à Raoul qui les râpe finement.

– Finalement, tu n'es pas manchot quand tu t'y mets !

Il ajoute à la préparation sel, poivre et surtout persil, ciboulette et oignons grossièrement hachés.

– Tout à l'heure, j'en ferai une épaisse galette que je cuirai à la poêle. Tu verras, quand tu sentiras l'odeur, tu ne regretteras pas d'avoir épluché ces patates !

Je me surprends à sourire. J'ose même prendre une initiative en nettoyant la table. Si mes parents me voyaient, ils ne le croiraient pas. Pour finir, je m'empare de la poubelle dans laquelle je jette consciencieusement les épluchures.

– Pas dans celle-là, malheureux ! s'écrie Raoul. Les végétaux vont dans le compost, la poubelle verte à côté ! C'est dommage de jeter une matière qui a autant de valeur. Finissons de ranger la cuisine et je te montre.

Peu après, le père d'Inès m'invite à le suivre. Ensemble, nous traversons le jardin jusqu'à un coin ombragé.

– Voilà, c'est ici que ça se passe ! Tu vois, j'y dépose les épluchures de légumes, de fruits, la tonte de la pelouse, les petites branches, les mauvaises herbes... Au début, ça donne ce tas un peu dégoûtant de végétaux pourrissants. Mais ensuite, grâce à la pluie, aux vers de terre, et surtout au temps qui passe, cela donne cette terre légère.

Raoul en attrape une poignée qu'il me tend.

– Tiens, prends-la dans tes doigts et respire-la ! Tu sens ce parfum puissant ? Cette odeur de forêt ?

Je la recueille dans mes mains et me penche pour la respirer.

– C'est vrai, ça sent bon.

– Figure-toi qu'avec cette terre, je nourris mon jardin et je cultive les pommes de terre que tu as épluchées. La boucle est bouclée.

Nous reprenons le chemin de la maison.

– Hier, je t'ai entendu dire que la campagne c'était nul, qu'il n'y avait rien et qu'on s'y ennuyait comme des rats morts.

– Non, enfin… C'est pas ça, mais…

Sans tenir compte de mes protestations, Raoul poursuit :

– Alors j'ai pensé qu'il fallait que je te montre quelque chose.

Il m'emmène à l'autre bout du jardin où une plantation d'arbres fruitiers occupe un grand pré qui descend en pente légère.

Une fois dans le verger, il s'allonge dans l'herbe.

J'hésite.

– Vas-y, couche-toi et ferme les yeux ! Les yeux fermés, on écoute mieux.

Ulysse nous a rejoints. Fidèle à ses origines de chien sauveteur, il nous lèche le visage comme pour nous réanimer.

– Couché, mon chien, couché, murmure Raoul. Tout va bien, ne t'inquiète pas.

Le chien se laisse tomber entre nous deux et nous restons un long moment silencieux.

– Tu entends ce merle qui fait son solo ? reprend le père d'Inès. Une vraie vedette ! Et en contrepoint, le coucou qui annonce que l'hiver est derrière nous.

Après un nouveau silence, il enchaîne :

– Le son du vent dans les arbres… Écoute, on dirait des cymbales.

« Et le ruisseau, tu l'entends ? Il coule comme la sève de l'arbre, comme le sang dans nos veines…

Tiens, tu as remarqué cette abeille qui bourdonne ? Elle est venue en éclaireur. Elle appelle ses sœurs et dans quelques heures toutes les fleurs du pêcher seront fécondées.

Moi, lorsque j'écoute le chant de la nature, je fais le silence dans mon cœur et je me sens en paix avec le monde. »

Hier encore, en écoutant ce discours, j'aurais ricané et une de mes réparties aurait cassé l'ambiance. Mais ce matin, peut-être parce que je suis seul avec Raoul, peut-être aussi parce que pour la première fois depuis longtemps je me sens bien, ce matin je me tais.

L'odeur de la terre, le parfum de l'herbe coupée, le galop des agneaux dans le pré à côté réveillent mes sens. C'est comme une renaissance.

Soudain, toutes proches, les cloches du village retentissent. Et au même instant, j'entends le son d'un moteur, une voiture remonte le chemin.

Nous nous redressons. Je me sens un peu troublé. M'être laissé envoûter par la poésie de cette nature dont j'ignorais tout, ça ne me ressemble pas. Si les potes me voyaient…

– Allez viens ! lance Raoul, on va donner un coup de main au reste de la troupe.

Il m'attrape par les épaules et m'entraîne vers la maison.

– Dis donc toi, t'es costaud comme ton père !

Malgré moi, je laisse échapper un sourire.

– Mais ce sourire, tu le dois à ta mère.

## Inès

La visite du marché, avec son odeur de poulets grillés, ses fromages qui donnent envie, ses pains tout frais cuits du matin, a excité mon appétit. Et je ne suis pas la seule ! Nous ne faisons qu'une bouchée du millassou géant de Papa. Les compliments fusent. Modestement, il partage ses lauriers avec Sébastien, qui – j'ai du mal à le croire – l'a aidé à éplucher les patates.

Après le déjeuner, Maman se lève de table et lance à la volée :

– Allez, maintenant, une bonne sieste. Ensuite, je vous propose une petite descente de la Dordogne en canoë. Avec cette chaleur, rien de tel qu'une virée à la rivière pour se rafraîchir…

– Pour la première partie du programme, entièrement d'accord, approuve Dimitri. Quant à la seconde, je préférerais dessiner la Dordogne plutôt que de la descendre. Comme ça, je tiendrai compagnie à Inès.

Je m'insurge :

– Eh oh ! Je ne compte pas rester sur la rive ! Moi aussi, je participe. On n'a pas besoin de ses jambes pour pagayer.

Dimitri s'excuse, un peu confus.

Son fils grogne quelques mots que, de toute façon, personne n'entend.

Une heure plus tard, nous quittons la maison pour rejoindre la base nautique. Chacun enfile son gilet de sauvetage, reçoit sa pagaie et un sac étanche afin d'y ranger ses affaires. Pour les Parisiens, c'est une première.

Les trois canoës sont mis à l'eau. Dimitri et Raoul improvisent à quatre mains une chaise à porteur et me déposent dans l'un des bateaux. Ils proposent à Sébastien de me rejoindre. Celui-ci joue les blasés, seulement je vois bien qu'il est inquiet.

– Brrr… Elle est glacée ! s'écrie Sabine en entrant dans la rivière. Je ne suis pas pressée de m'y baigner.

– Installe-toi à l'avant, propose ma mère, je monte avec toi, on pourra discuter entre filles.

Elle prend place derrière son amie, tandis que les deux hommes s'installent dans le troisième canoë et tout ce petit monde commence à pagayer gentiment.

– Tu fais attention, ma chérie !

– T'inquiète, Maman, j'ai l'habitude !

Tandis que nous nous éloignons, j'entends Sabine, qui ne sait pas que l'eau de la rivière amplifie la voix comme un haut-parleur, demander à son amie :

– Tu n'as pas peur pour Inès ?

Ma mère répond en baissant d'un ton :

– Non, c'est une bonne nageuse et elle a beaucoup pratiqué le canoë avant son accident.

– Son accident... Tu ne m'en as encore rien dit.

– Oui c'est vrai, excuse-moi, j'ai du mal à en parler... C'était un accident de vélo...

Je connais l'histoire par cœur, j'étais aux premières loges. Pour ne pas entendre la suite, je rame un peu plus fort.

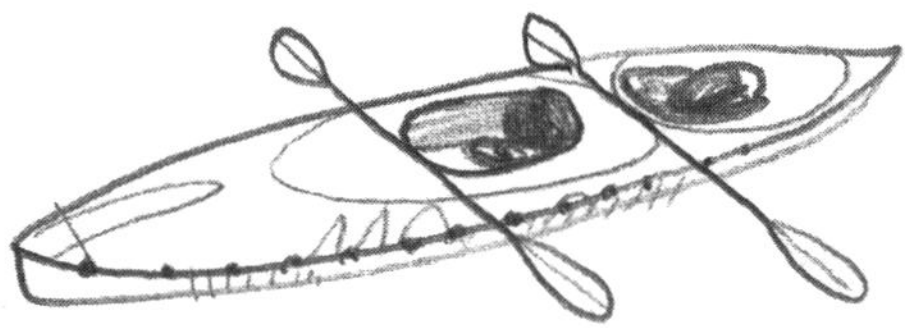

Au début du parcours, le courant est faible, la rivière large, sans obstacle, et il faut ramer énergiquement pour avancer. Le cours d'eau serpente entre collines boisées et vergers plantés de noyers.

Dans notre embarcation, c'est le calme plat, à l'image de la rivière.

Sébastien s'est retranché derrière la play-list de son lecteur-audio qu'il a mis en service peu après le départ. Il rame mollement à l'avant, sans me prêter la moindre attention, tandis que, de l'arrière, je dirige le canoë.

Un peu plus loin, passé un pont, la rivière se resserre et le courant s'accélère. Quelques rochers, qui pointent hors de l'eau, ajoutent du piment à l'affaire.

Les hommes sont partis devant comme des flèches. Dimitri pousse de grands cris d'excitation, il semble bien s'amuser. On dirait qu'il a définitivement oublié ses envies de croquis.

Fermant le cortège, Sabine et ma mère longent la rive à l'ombre des peupliers.

Notre canoë file maintenant à vive allure. Très pâle, Sébastien se retourne vers moi.

– On ne peut pas ralentir un peu ? grogne-t-il.

Je souris intérieurement en le voyant mort de peur.

– Non ! On peut juste éviter de s'écraser sur les rochers ! Si seulement tu m'aides un peu...

– Quoi ? demande-t-il.

– Si tu enlevais tes écouteurs, tu comprendrais ce que je te raconte, je hurle, totalement excédée.

Ce crétin retire enfin son casque, au moment où, pris dans un remous, le canoë sursaute violemment. Surpris, il laisse échapper sa pagaie, se penche pour tenter de la rattraper et déséquilibre l'embarcation qui chavire.

L'eau glacée me coupe le souffle.

Bien qu'à cet endroit la rivière soit peu profonde, le courant est puissant et il est impossible de nager. Je suis emportée.

Je passe près d'un rocher. J'essaie de m'y agripper, malgré les algues qui le rendent glissant.

Derrière moi, la voix de Sébastien couine :

– Au secours !

Ma main droite trouve une aspérité où je réussis enfin à me cramponner, sans lâcher ma rame.

Très vite, Sabine et Maman me rejoignent. Elles sont pâles, mais gardent leur sang-froid. Tandis que l'une dirige le canoë, l'autre attrape la pagaie que je lui tends et m'entraîne tant bien que mal jusqu'à la rive.

## Sébastien

L'eau est si froide ! Je mets quelques secondes à réaliser ce qui m'arrive. Jaillissant hors de l'eau, j'appelle « Au secours ! », paniqué par la puissance des remous qui m'empêchent de nager.

Je mets toute mon énergie à tenter de me redresser pour reprendre pied. Mais je finis toujours par retomber et être emporté un peu plus loin par le courant tumultueux. J'ai une pensée pour Inès. Si je ne parviens pas à me relever, comment peut-elle y arriver ?

Heureusement, alertés par mes cris, Papa et Raoul, à grands coups de rames énergiques, ont entrepris de remonter la rivière et réussissent à me hisser, ruisselant, dans leur embarcation. Ils ont intercepté ma pagaie et le canoë qui partaient à la dérive.

Nous rejoignons Fleur, Inès et ma mère, qui ont déjà regagné la rive, où je m'effondre à mon tour, soulagé.

Des affaires sèches sont extraites des sacs étanches et nous nous changeons en silence. L'ambiance est tendue. Un peu honteux, je n'ose pas lever les yeux.

– Bon, les enfants, maintenant il va falloir nous expliquer ce qui s'est passé ! commence mon père.

– C'est la faute de cet abruti ! s'écrie aussitôt Inès. Ce n'est pas possible de m'avoir collé un idiot pareil !

Sa mère ne me laisse pas le temps de répondre.

– Tu n'es pas obligée de l'insulter, rétorque-t-elle, fâchée. Exprime-toi correctement s'il te plaît !

Me montrant du doigt, l'autre énervée reprend :

– Il a laissé tomber sa pagaie et, en essayant de la rattraper, il nous a fait chavirer…

Je continue de garder le silence tout en la dévisageant, ce qui a le don de l'exaspérer.

– Et toi, Seb, qu'est-ce que tu en dis ? me demande ma mère.

– J'ai perdu ma rame à cause d'un remous et je n'ai pas compris comment on s'est retrouvés dans l'eau !

– Tout le monde peut commettre une erreur, ajoute Fleur en se tournant vers moi. Surtout que tu montais pour la première fois dans un canoë…

– Sauf qu'avec son casque sur les oreilles, il n'entendait pas ce que je lui demandais ! Et c'est en l'enlevant qu'il a perdu sa rame !!!

– Parce que tu avais emporté ton MP3 ? s'écrie ma mère, furieuse. Je suppose qu'il est fichu maintenant ! Ne compte pas sur nous pour t'en payer un autre.

– Bon allez, il n'y a pas mort d'homme, c'est le principal, déclare Raoul. L'incident est clos, reprenons la descente. Ce serait bien d'être arrivés avant 18 heures. Si personne n'y voit d'inconvénients, je prends Seb avec moi.

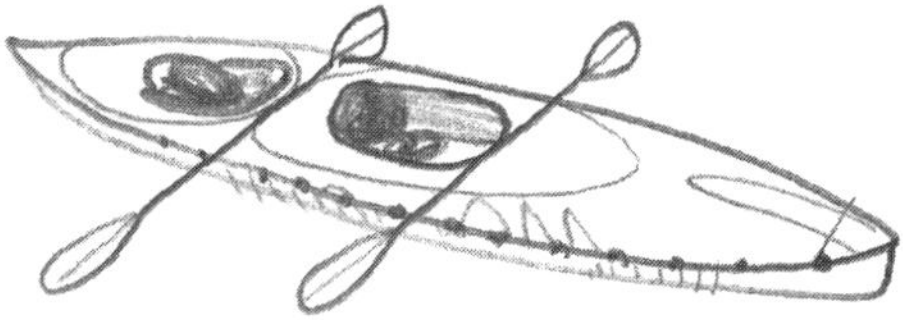

Pendant le reste du voyage, je ne peux m'empêcher de fixer le dos d'Inès. Difficile de mettre des mots sur ce que je ressens. C'est vrai, je lui en veux d'avoir été si agressive. Seulement, je suis bien obligé d'avouer qu'elle a été plus forte que moi, malgré son handicap.

## Inès

Les matins où j'ai rendez-vous, je n'ai pas besoin de réveil. J'ouvre les yeux pile à l'heure que j'ai décidée.

Je m'étire… enfin j'étire tout ce qui peut l'être, du cou jusqu'au bas du dos. En dessous, j'ai perdu toute sensibilité.

Ensuite je me redresse et m'assois dans mon lit, puis j'attrape vite un tee-shirt et un pull que j'enfile aisément.

Dès le début, après l'accident, même si j'en souffrais, j'ai toujours mis un point d'honneur à m'habiller seule. Jour après jour, j'ai développé une technique efficace pour ne pas me retrouver comme un bébé à qui l'on met son pyjama.

J'ai dû faire mon deuil des jeans moulants…

L'été, je me glisse dans des robes légères et les jours de grand froid, je me rabats sur les joggings ou les sarouels.

L'opération suivante est de loin la plus délicate : m'installer dans le fauteuil roulant. Assise, les jambes allongées sur le matelas, j'approche le siège avec ma main droite contre le lit. Puis je bascule sur le côté, attrape l'accoudoir le plus éloigné d'une main, me soulève de l'autre et me glisse sur le fauteuil. Ce basculement doit être effectué rapidement sous peine de chute.

Enfin, j'installe mes jambes sur le repose-pieds. Mes biceps, triceps et deltoïdes se sont joliment galbés grâce à cet exercice quotidien.

À cette heure matinale, pas question d'émettre le moindre bruit, sinon mon père, ou ma mère – ou les deux ! – débarquent affolés.

– Qu'est-ce qui t'arrive ma chérie ? Tu t'es fait mal ? Laisse-moi regarder si tu ne t'es pas blessée… Attends, je vais t'aider ! Tu es sûre que tu peux y arriver toute seule ? Etc., etc., etc.

Dans ces cas-là, d'une part je m'énerve, et d'autre part le rendez-vous tombe à l'eau. Le reste de la journée, il ne me reste plus qu'à ronger mon frein jusqu'au lendemain.

J'ai tellement besoin de ce moment avec lui ! J'aime le voir, lui parler bien sûr, mais surtout le toucher. J'aime son parfum, quand il est tout contre moi.

Si mes parents savaient, ils m'empêcheraient d'aller le rejoindre. J'entends d'ici leurs reproches :

– Tu ne te rends pas compte, Inès. C'est dangereux, il pourrait t'arriver n'importe quoi !

À croire qu'ils n'ont jamais été jeunes.

Seule Sasha est au courant de ces rendez-vous. Elle et moi, nous partageons nos moindres secrets. Je suis toujours la première au courant de ses amours, de ses chagrins, de même que je lui confie le moindre de mes soucis ou de mes espoirs.

J'ouvre délicatement la porte qui pivote silencieusement sur ses gonds. Il y a quinze jours, j'ai demandé à mon père de l'huiler, sous prétexte que son grincement me réveillait. Il faut dire que chaque soir, avant d'aller dormir, ma mère ne peut pas s'empêcher de vérifier que je vais bien. C'est tout juste si elle ne me borde pas.

Je tends l'oreille. Aucun son ne provient de la chambre de Sébastien et, à l'étage, tout le monde semble dormir.

Comme chaque matin depuis le début des vacances, Ulysse m'attend dans l'entrée, la queue frétillante. Et comme chaque matin, je lui murmure :

– Non, mon chien, non, je ne t'emmène pas. Je dois y aller seule.

Le jour se lève à peine lorsque je prends ma première bouffée d'air frais.

Allez, c'est parti !

## Sébastien

Je suis réveillé très tôt par un son à peine perceptible que je reconnais aussitôt. C'est le chuintement des pneus du fauteuil d'Inès.

Quelques instants plus tard, je me lève à mon tour. Écartant le rideau de la fenêtre pour laisser entrer la lumière, je l'entrevois qui s'éloigne discrètement de la maison.

Où va-t-elle de si bonne heure ? Curieux d'en savoir plus, je m'habille en vitesse. Sans un bruit, j'ouvre la croisée dont j'enjambe le rebord. Je m'avance à pas de loup dans le jardin endormi où je la surprends qui disparaît derrière un massif de rosiers.

Je me tiens à distance respectable, soucieux de ne pas révéler ma présence.

Le chemin qu'elle emprunte n'est pas facile pour un fauteuil roulant. Pourtant, elle accélère son allure et je suis parfois obligé de courir pour ne pas perdre sa trace.

Inès longe une haie depuis un moment, quand soudain elle s'évapore mystérieusement. Je découvre vite la brèche dans laquelle elle s'est engouffrée.

À mon tour, je me glisse au milieu des buissons et débouche sur une grande pelouse bordée par une allée. Devant moi se dresse un long bâtiment, où s'alignent une quinzaine de box, tous fermés vu l'heure matinale.

J'aperçois Inès, le bras gauche appuyé sur l'accoudoir de son fauteuil, se hissant pour ouvrir le battant supérieur d'une des portes.

Aussitôt, un superbe cheval sort de l'ombre. Il balance sa tête de haut en bas comme pour la saluer et accompagne ce mouvement d'un bref hennissement de bienvenue. Dans la lumière du petit matin, sa robe rousse est satinée. Sa crinière d'un blond presque blanc lui fait comme une auréole.

Inès tend la main, flattant tendrement l'animal qui s'est penché pour chercher la caresse.

– Là, mon beau ! Tout doux, répète-t-elle. Oui, je suis là… Oui, Bird, c'est toi le plus beau…

Les bras autour de son encolure, elle a appuyé sa joue contre celle du cheval. Elle reste ainsi de longues minutes sans bouger, les yeux fermés.

Soudain, je me sens indiscret, presque voyeur. J'ai l'impression d'être exclu, ça me rend jaloux. Je me retire derrière la haie et rentre en courant jusqu'à la maison.

Essoufflé, en sueur, je rejoins ma chambre sans être vu, puis rapidement me déshabille pour me jeter dans mon lit.

Bien plus tard, à l'heure où tout le monde s'y attend, je débarque dans la cuisine en m'étirant comme après un long sommeil.

Je trouve Raoul et mon père discutant autour d'un thé à la menthe. Devant eux s'étale une série d'aquarelles que Papa a réalisées depuis le début de son séjour.

– Alors, mon fils, tu as assez dormi ? se moque-t-il gentiment.

Insensible à son humour, j'acquiesce sans répondre et me verse un bol de riz soufflé en bâillant.

# Inès

Au début de l'après-midi, les premières voitures arrivent. Les portières claquent. Papa sort pour accueillir les amateurs de mosaïque qui viennent participer à son stage.

Sasha, ma meilleure amie, est là, comme elle me l'avait promis.

– Oh, j'adore ta nouvelle tunique ! Encore une de tes créations, je parie ! lui dis-je, tandis qu'elle se penche vers moi pour m'embrasser.

Déjà en maternelle, c'était toujours elle qui affichait la robe la plus originale, le plus joli manteau. Je ne l'ai jamais vue négligée. Elle aime récupérer des vêtements qu'elle découpe et assemble autrement. Elle les agrémente de rubans, de boutons et de perles. Jusqu'à la couleur de ses barrettes harmonisée avec le reste de sa tenue !

Sur une autre, cela pourrait paraître trop sophistiqué. Mais Sasha porte ses habits avec tant de naturel !

Nous prenons place autour de la grande table que mon père a dressée à l'ombre du tilleul centenaire.

– Pour cette première séance, commence-t-il, je vous propose un exercice tout simple : réaliser une mosaïque autour d'un miroir.

Il nous distribue une planchette sur laquelle est collé le miroir, une pince en forme de tenaille et un petit pistolet à colle. Dans des barquettes, il a disposé des morceaux de carrelage brisés de différentes couleurs. Pour moi, rien de nouveau. J'ai l'habitude de pratiquer depuis que je suis toute petite. Mais je suis si contente d'être avec ma copine, ça me change de l'autre râleur.

À l'intention des stagiaires débutants, Papa effectue une démonstration. Entre ses doigts agiles, la céramique semble se tailler avec facilité. Il explique comment positionner la pince sur le bord du carreau pour le couper à l'endroit souhaité.

Méfiant comme un chat, Sébastien s'est approché prudemment et observe le jeu des formes et des couleurs qui s'agencent.

En quelques minutes, mon père colle toutes les pièces et réalise sous le feu des regards une mosaïque contrastée et colorée.

– Elle est super jolie ! s'écrie Sasha.

– Tu as vu comme il va vite, Maman ? remarque un gamin.

Mon père lève les yeux de son ouvrage et sourit à l'enfant. Puis il aperçoit Sébastien, un peu en retrait.

– Tu veux essayer ? lui propose-t-il. Viens avec nous, tiens, assieds-toi à côté de Sasha !

Comme le garçon s'installe sans se faire prier, ma meilleure amie lui offre un sourire un peu trop gracieux à mon goût.

Durant l'atelier, Papa passe de l'un à l'autre, dispensant ses conseils, donnant un coup de main. Lorsqu'il arrive près de Sébastien, il lâche un sifflement admiratif :

– Il est bien ton motif ! C'est la première fois que tu touches à la mosaïque ?

– Ben ouais…

– Tu as de l'or dans les doigts, mon gars ! Je ne l'aurais pas juré hier en te voyant éplucher les patates.

– C'est surtout plus marrant, lui répond Sébastien, qui sourit pour une fois.

Je le vois bien, mon père est sous le charme. Je ne sais pas pourquoi, mais ça m'agace !

À cet instant, Sasha fait tomber sa pince et son voisin se penche aussitôt pour la ramasser. Les regards complices qu'ils échangent ne m'échappent pas.

Tout au long de l'après-midi, Sébastien se montre prévenant, ne manquant pas une occasion de rendre service à ma copine, en lui coupant un morceau délicat ou en l'aidant à trouver une pièce adaptée à sa mosaïque. Je me sens délaissée. Qu'est-ce qu'ils lui trouvent, tous, à ce crétin ?

À la fin du stage, lorsque chacun a terminé son miroir, Papa improvise une mini-exposition. Il prend des photos qu'il promet d'envoyer par Internet.

On découvre le travail accompli par les autres. On se congratule. Certains stagiaires me félicitent, et c'est vrai que je suis plutôt contente de moi. Mais Sasha gâche mon plaisir en s'extasiant devant le miroir de Sébastien.

– Regardez, celui-ci aussi est très beau ! minaude-t-elle d'une façon que je ne lui connais pas.

– Je te le donne, si tu veux, lui propose-t-il.

Je lance sèchement à mon amie :

– Tu as bien de la chance… Moi, il ne m'a jamais adressé une parole aimable.

Sur ces mots, je les laisse tous en plan et, en quelques tours de roues rageurs, je rentre dans la maison.

– Qu'est-ce qui te prend ? me crie Sasha.

## Sébastien

C'était bien cet atelier. J'ai beaucoup aimé la mosaïque. J'avais les mains et l'esprit occupés, je ne pensais à rien d'autre. Et puis à côté de Sasha, je me sentais en paix. Elle est jolie, Sasha. Mais pas autant qu'Inès. Dommage qu'elle ait si mauvais caractère, celle-là.

Raoul doit être gourmand, parce que l'apéro qui clôture le stage, c'est quelque chose ! Quiches, pizza, saucissons, pâtés... Il ne s'est pas contenté de chips et de cacahouètes.

Sasha vient s'asseoir à côté de moi, avec un verre dans une main et une part de pizza dans l'autre.

– Tu es là jusqu'à quand ? me demande-t-elle avec un sourire.

– Je ne sais pas trop. Ce n'est pas moi qui décide.

– On pourrait peut-être se revoir ? Dans quinze jours, avec Inès, on a prévu d'aller à un concert… DJ Kmouflage, tu connais ? J'ai entendu une démo sur Myspace. C'est du reggae-électro-beat.

– Bien sûr que je connais ! Il est de chez moi ! Ne me dis pas qu'Inès aime ce son ? L'autre jour, elle ne jurait que par la musique trad.

– Elle t'a fait marcher, parce que question musique elle a des goûts hyper variés. Elle peut s'emballer pour un trio de cordes celtiques ou s'exciter sur du hip-hop tendance breakbeat.

Cette révélation me laisse sans voix. Décidément, je ne comprends rien à cette fille.

– Alors, Sébastien, ça te dirait de venir ? insiste Sasha.

– Dans quinze jours, je serai reparti ! Et de toute façon, si j'étais là, ta copine ne viendrait pas ! Elle peut pas me sentir.

– Je ne sais pas ce qu'il s'est passé entre vous… En tout cas, elle n'a pas l'air de t'apprécier.

– Tu la connais depuis longtemps, Inès ?

– Depuis la maternelle. On a toujours été dans la même classe.

– C'est marrant ça ! Comme ma mère et Sabine… Et elle avait déjà aussi mauvais caractère ?

– Elle n'a pas mauvais caractère ! s'insurge Sasha. Elle est seulement à fleur de peau. Mais il faut reconnaître qu'elle a beaucoup changé depuis son accident.

– Tu peux me raconter ? Personne n'en parle ici.

– Elle a été renversée par une voiture alors qu'elle rentrait du centre équestre à vélo. C'est la colonne vertébrale qui a pris. Quand elle a su que le cheval, c'était terminé pour elle, il lui a fallu vraiment du courage afin de remonter à la surface.

– Ah, elle faisait de l'équitation ! Je comprends mieux.

– Elle y allait souvent le soir après l'école. Elle était tellement passionnée… Ses parents avaient fini par lui acheter un cheval. Depuis, ils ont préféré s'en séparer. Ils ont pensé que ce serait trop dur pour Inès de l'avoir sous les yeux tous les matins en ouvrant sa fenêtre. C'est le centre équestre qui l'a racheté.

– J'imagine qu'il n'y a pas que les chevaux sur lesquels elle a dû faire une croix.

– Ça, tu peux le dire ! Pas plus tard que le mois dernier, on a été ensemble faire du shopping. Dans le premier magasin, les cabines d'essayage étaient à l'étage du dessous, sans ascenseur bien sûr ! Dans une autre boutique, les vendeuses ont grimacé en nous voyant entrer. Il a presque fallu parlementer pour essayer une robe, comme si la présence d'Inès mettait en danger leur chiffre d'affaires ! La troisième, ce n'était pas mieux : l'accès était facile, ils annonçaient des cabines d'essayage adaptées aux handicapés. Toutes contentes, on s'est précipitées, mais la cabine était encombrée de cartons, elle servait de réserve !!!

– Trop nul ! Autant ne pas en mettre…

– Attends, laisse-moi finir, il y a quand même un happy end. Alors qu'on allait abandonner, écœurées, j'ai aperçu une petite vitrine qui ne payait pas de mine, mais dont l'entrée était accessible et la vendeuse souriante. Inès a eu la possibilité d'essayer tout ce qu'elle voulait, et dans une grande cabine encore, jusqu'au portemanteau qui était à sa hauteur !

Sur ces entrefaites, la mère de Sasha vient chercher sa fille. Comme nous nous quittons en nous embrassant, mon père, moqueur, ne peut s'empêcher de me lancer :

– C'est bien la mosaïque, hein Sébastien ? Surtout quand on est assis à côté d'une jolie demoiselle…

– Oh non, Papa, commence pas ! je rétorque en rougissant malgré moi.

Sasha, amusée par la remarque de mon père, s'éloigne, puis rebrousse chemin :

– Je ne peux pas partir sans dire au revoir à Inès.

## Inès

On cogne à ma porte. Une voix m'arrive étouffée :

– Inès, tu es là ? Laisse-moi entrer !

– Va-t'en, Sasha ! Je ne veux voir personne !

– Qu'est-ce qui te prend ? Tu es jalouse parce que Seb m'a offert son miroir ?

J'ouvre brutalement la porte.

– Jalouse, moi ? À cause de ce minable ?

– Je ne comprends pas, rétorque-t-elle. On ne parle pas de la même personne, là ! Tu m'avais dit qu'il était prétentieux et méprisant. Au contraire, je le trouve sympa, attentif, ouvert…

– Ça c'est sûr, avec toi, il est tout miel. Mais pour moi, pas un regard ! Pas un mot ! Juste parce que je suis handicapée.

– Tu exagères, Inès, et tu te trompes en plus. Il m'a posé plein de questions sur toi.

– Arrête de me baratiner, je n'ai pas besoin d'être consolée. Et puis je ne veux pas de sa pitié.

Sur ces mots, je claque la porte au nez de ma copine.

C'est brutal, ça fait mal, à moi autant qu'à Sasha, mais celle-ci, têtue, ouvre de nouveau la porte. Je vois dans ses yeux qu'elle est à deux doigts de pleurer. Pourtant, elle choisit d'en rire :

– C'est bien ce que je te disais, tu es jalouse…

Là, j'ai envie de l'étrangler, mais elle ne m'en laisse pas le temps. Elle s'avance encore d'un pas. Ma lampe de chevet éclaire son regard soudain en colère.

– Je sais, Inès, tu as beaucoup souffert. Depuis l'accident, tu es très courageuse. Tu veux tout réussir, être parfaite. Sauf que tu es chiante, Inès ! Parfaitement chiante ! Alors, s'il te plaît, lâche-toi un peu ! Et lâche-nous au passage…

Ces mots flottent lentement jusqu'à mon cerveau. Durant un bref instant, je suis partagée entre le désir de la mettre dehors et l'envie de lui tendre les bras pour me faire pardonner. Encore une fois, Sasha me devance.

Elle s'accroupit près du fauteuil et me prend les mains.

– Excuse-moi, Inès, j'ai été trop loin.

– Non Sasha, c'est toi qui as raison. Je sais que je suis pénible... Personne n'ose me le dire... Personne sauf toi. Merci Sasha.

Elle pose sa tête sur mes genoux et j'embrasse ses cheveux tendrement. Nous restons ainsi en suspens.

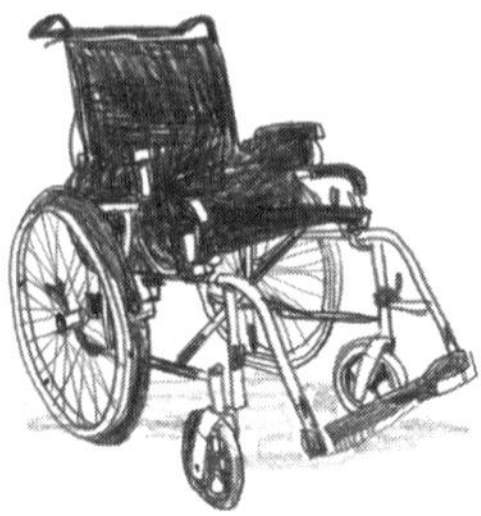

– Sasha ! Tu viens Sasha ? On rentre !

C'est sa mère qui l'appelle.

– N'empêche, j'ajoute alors qu'elle se lève pour partir, tu ne m'enlèveras pas de la tête que Sébastien est un enfant gâté qui se la pète...

Une fois mon amie sortie, la porte refermée, je m'extirpe du fauteuil et m'allonge sur mon lit. Toutes ces émotions m'ont épuisée. Je n'ai même pas la force de me déshabiller. Je ferme simplement les yeux.

## Sébastien

– Ce soir, nous serons cinq à table, annonce Fleur. Je suis allée voir Inès, mais elle dormait déjà.

Nous mangeons dans un silence gêné. Papa essaie de détendre l'atmosphère en lançant des sujets de conversation, qui s'écrasent lamentablement les uns après les autres.

Ma mère a le regard sombre lorsqu'elle se décide à m'adresser la parole :

– J'aimerais savoir ce qu'il s'est passé entre vous deux !

Sur la défensive, je réponds :

– J'en sais rien, moi ! J'ai juste offert mon miroir à Sasha et Inès nous a fait une crise de jalousie !

– Tout de même ! Depuis que nous sommes arrivés, tu n'as pas vraiment essayé de sympathiser avec elle.

– Les torts sont partagés, avance Raoul.

– C'est vrai, elle est devenue très susceptible depuis son accident, renchérit Fleur.

Se tournant vers moi, elle ajoute :

– Bien sûr, on aurait préféré que vous soyez amis, tant pis si ce n'est pas le cas.

De nouveau, le silence s'installe.

Après un moment où chacun reste plongé dans ses pensées, Fleur prend une longue inspiration, avant de se jeter à l'eau :

– Tu te souviens, Sabine, le jour de votre arrivée... pendant la visite... la photo. Tu as cru que c'était moi, à côté du cheval. Mais... c'était... Inès.

– Oui, je n'ai pas osé t'interroger davantage, j'attendais que tu m'en parles.

– Le cheval, c'était toute sa vie, explique Raoul. Nous avions même fini par lui en acheter un, tellement son enthousiasme était communicatif. Il s'appelait Bird, elle s'en occupait bien d'ailleurs. Elle était si heureuse...

– Et puis il y a eu cet accident, souffle Fleur d'une petite voix.

– Un accident de cheval ? demande Papa.

– Non, un accident de vélo !

J'ai répondu spontanément. Comme les parents me regardent, étonnés, je m'explique :

– C'est Sasha qui m'a tout raconté. Inès rentrait du centre équestre en vélo. C'était un soir de novembre. Il faisait presque nuit. Son feu arrière était en panne et elle ne le savait pas. La voiture l'a fauchée à la sortie d'un virage.

Après une pause, Fleur raconte : la visite des gendarmes… l'hôpital… la peur de perdre son enfant.

– Elle était dans le coma quand nous sommes arrivés, précise Raoul. Nous ne pouvions pas la voir, elle est restée des heures au bloc opératoire… Nous ne savions pas si elle vivrait.

– Et puis le médecin est venu nous expliquer qu'elle allait s'en tirer, poursuit Fleur. Mais il a ajouté presque aussitôt qu'elle ne marcherait plus jamais.

Ma mère a du mal à contenir son émotion. Sans dire un mot, elle se penche et saisit la main de son amie.

– Les mois qui ont suivi, j'ai eu l'impression de vivre avec un oiseau à qui on avait coupé les ailes, se souvient Raoul la gorge serrée.

– Peu à peu, nous avons tous les trois appris à vivre avec ce fauteuil roulant. Un nouvel apprentissage.

Fleur s'éclipse sous le prétexte de préparer une tisane. On l'entend se moucher discrètement. Elle revient quelques instants plus tard avec un plateau chargé de tasses.

– On prend réellement conscience du handicap quand quelqu'un de son entourage devient handicapé, explique-t-elle les yeux brillants. Alors subitement, on s'aperçoit que ces marches à l'entrée du collège que l'on montait chaque jour sans y penser sont devenues des obstacles.

Un souvenir me revient :

– C'est vrai ! L'an passé, je me suis cassé la jambe. Bien sûr, ce n'est pas comparable avec l'accident d'Inès. Mais j'en ai bavé sur les trottoirs de Paris avec mes béquilles ! Un vrai parcours du combattant ! Alors j'imagine que c'est pire en fauteuil roulant…

Comme Fleur se lève pour aller chercher la tisane, Raoul la retient par la taille.

– Reste assise, ma belle, je m'en occupe.

Les yeux dans le vague, elle reprend :

– Notre fille était insouciante et joyeuse. Elle s'est adaptée… Bien obligée ! Au fil des mois, elle est devenue plus volontaire, elle s'est fabriqué une carapace, mais ce drame l'a beaucoup durcie.

– Elle ne supporte pas que l'on ait pitié d'elle, renchérit Raoul de retour avec la théière.

– Heureusement, elle est très entourée par ses camarades. Ils ne l'ont jamais laissée tomber, à l'image de Sasha, son amie la plus fidèle, qui n'hésite pas à lui dire ses quatre vérités quand c'est nécessaire.

Ma mère a posé son regard sur moi et ne me lâche plus. Finalement, elle se racle la gorge :

– Sachant tout cela, Sébastien, je compte sur toi pour faire preuve de plus de compréhension à l'égard d'Inès.

Je ne peux que hocher la tête, à court de mots pour exprimer ce que je ressens, et je quitte la pièce le visage en feu.

## Sébastien

Je me réveille en sursaut.

J'écarte le rideau.

Le jour s'est levé.

Je regarde ma montre : 7 heures. Je l'ai sûrement ratée.

Battant tous les records de vitesse pour m'habiller, je quitte la maison et prends le chemin du centre équestre.

Je suis curieux de savoir si Inès a de nouveau rendez-vous avec son cheval. Je marche d'abord d'un bon pas, puis je me mets à courir.

Mais, au détour d'un bosquet, je tombe nez à nez avec elle.

Essoufflé, je reste sans voix.

– Qu'est-ce qu'il t'arrive ? Tu es tombé du lit ? ironise-t-elle. Tu as l'air pressé.

– !...

– Ne me dis pas que tu fais ton footing ? s'écrie-t-elle, en me défiant du regard.

« C'est sûr que toi, du footing, tu ne risques plus d'en faire. C'est pour ça que tu m'agresses tout le temps ? » suis-je sur le point de lui répondre du tac au tac.

Mais je me souviens in extremis des recommandations de ma mère et, rangeant ma fierté dans ma poche, je serre les dents puis finis par lâcher d'un ton détaché :

– Et toi… Tu viens d'où ?

– Je suis comme toi, répond-elle, j'ai mes petits secrets. Allez, on se revoit plus tard.

Je la salue d'un signe de tête et, pour donner le change, je me remets à courir d'une foulée qui se veut naturelle.

À mon retour, je la trouve dans la cuisine, en compagnie de mon père et de Raoul. Autant ça ne passe pas entre elle et moi, autant entre eux deux, c'est le coup de foudre. Ils sont déjà en train d'élaborer une future association, l'un au dessin et l'autre à la mosaïque.

Inès évite ostensiblement de croiser mon regard, après tout, je l'ai bien cherché.

– Bon, je vous laisse à vos projets, je me dépêche, j'ai rendez-vous avec Sasha, annonce-t-elle, on passe la journée ensemble.

– Tu emmènes Sébastien avec toi ? suggère son père.

– Non, Papa ! C'est une journée entre copines !

– Bon… Je n'ai rien dit.

Puis, regardant la pendule, il ajoute en se levant :

– Ce n'est pas tout ça, mais je ne suis pas en vacances, moi ! J'ai une lampe à terminer. Mon client passe ce soir.

Un peu plus tard, alors que Raoul travaille dans son atelier, je viens frapper timidement à sa porte.

– Je ne te dérange pas ?

Il m'invite à m'asseoir près de lui. Je l'observe un moment, posant de temps en temps des questions sur le pourquoi, le comment. Il me raconte sa formation. Il évoque le maître chez qui il a travaillé pendant quelques années, ses voyages à Ravenne, en Italie, les stages à Marrakech…

– Mais la meilleure des écoles, conclut-il, c'est celle de la vie !

– Ça t'embête si je m'installe à côté de toi pour réaliser une mosaïque ?

– Pas du tout, Seb, avec plaisir. Quelle est ton idée ?

– Je voudrais faire un portrait.

Il farfouille dans un coin de son atelier et revient bientôt, l'air triomphant.

– Voilà la planche qu'il te faut... Et tu as besoin de quel type de couleurs ?

Je me gratte la tête.

– Du marron, du roux, du jaune clair, comme des cheveux blonds, tu vois ?

– Blonds, comme les cheveux de Sasha ? demande Raoul avec un sourire.

– Non, je bredouille en rougissant, c'est une tête de cheval... Un cheval roux avec une crinière blonde.

Le père d'Inès me dévisage avant de demander :

– Tu connais Bird ?

– Pas vraiment. J'ai juste vu sa photo dans la chambre d'Inès.

– Bon, bon, revenons à nos moutons. Premièrement, me conseille-t-il, tu dessines ton projet sur une feuille de papier. Le matériel est là-bas, sur mon bureau. Quand tu seras satisfait, tu reporteras ton dessin sur la planche, en marquant bien les traits avec un feutre.

Chacun se met au travail, concentré. Le silence reprend possession de l'atelier, silence interrompu par les frottements du graphite sur la feuille et les claquements secs de la pince qui taille la céramique.

Une fois mon dessin terminé, je le montre à Raoul.

– Tu es le digne fils de ton père, toi ! s'écrie-t-il. Tu as le sens des proportions, mais tu n'as pas choisi le plus simple. Attention, soigne bien le regard de ton sujet, ça le rendra plus vivant.

Après un instant, il m'interroge, l'air de rien :

– Et c'est pour qui, ce portrait ?

Je réponds, énigmatique :

– C'est une surprise...

– Ne t'en fais pas, je ne dirai rien, promet Raoul avec un clin d'œil complice.

Avant de se remettre à son ouvrage, il ajoute :

– Travaille avec de petites pièces et utilise beaucoup de nuances de couleurs. C'est plus long, mais le rendu sera meilleur.

Un coup sec frappé à l'entrée de l'atelier nous interrompt. C'est Fleur qui passe la tête dans l'entrebâillement de la porte.

– Ah, tu es là, Sébastien ?

Puis se tournant vers Raoul :

– Je te rappelle, mon cher et tendre mari, que tu nous as promis ta fameuse tarte aux poireaux pour ce midi. Et il est midi !

– Aïe aïe aïe ! Je m'en occupe ! Je te laisse, mon garçon, à tout à l'heure.

Seul à présent, j'attrape la pince et commence à tailler les morceaux qui me serviront à cerner le regard de Bird.

Je repense au collège... Les profs me traitent souvent de paresseux, ils me reprochent de ne m'intéresser à rien. Pourtant, aujourd'hui, je m'aperçois que le travail ne me fait pas peur. Et lorsque l'on m'appelle pour déjeuner, je lâche avec regret mes outils et mon tablier.

# Inès

Pourvu que je ne croise pas Sébastien. J'aime ces heures matinales où je suis seule au monde. Le vent frais me caresse le visage et je me réveille peu à peu en traversant la forêt.

Si mes parents savaient que je rends visite à Bird presque tous les jours, ils l'auraient gardé dans le pré ! Ils ont cru que je l'oublierais… Mais comment oublier son odeur, sa chaleur, la beauté de son regard, sa fidélité surtout ?

Enfin, j'arrive au centre équestre. Ce n'est pas trop tôt. Mes bras commençaient à fatiguer. Depuis que je suis en fauteuil roulant, c'est grâce à eux que je circule. Ils ont pris le relais de mes jambes.

Je m'approche du box et, comme chaque fois, j'ouvre le battant supérieur. Mon cheval apparaît dans la lumière qui illumine sa crinière blonde.

Aujourd'hui, il semble fébrile, impatient.

– Tout doux, mon Bird, tout doux…

Mes mots tendres ne suffisent pas à le calmer. Il hennit nerveusement, donne des ruades contre la porte.

– Tu aimerais bien galoper, hein ? Tu ne comprends pas pourquoi je reste tout le temps assise sur ce bazar, au lieu de monter sur ton dos ?

Croyant l'avoir apaisé à force de caresses, j'ouvre doucement le loquet du battant inférieur pour le libérer. Jusque-là, je n'avais jamais osé. Mais ce matin, j'ai très envie d'entendre ses sabots fouler la terre comme autrefois.

Je n'ai pas le temps de m'écarter que Bird jaillit avec ses cinq cents kilos de muscles et me renverse.

Tout va très vite. Je suis propulsée hors du siège. J'ai le réflexe de protéger ma tête avec mes bras avant d'atterrir sur l'allée en ciment qui longe les box. Le choc est rude.

Mon regard se brouille, j'entends un bourdonnement, j'ai très chaud, j'ai très froid.

J'ai l'impression que je vais m'évanouir. Je ferme les yeux. Peut-être un instant, peut-être quelques minutes…

Lorsque je les ouvre, Sébastien est penché sur moi.

– Ça va ? me demande-t-il, inquiet.

Incapable de me contrôler, je l'interpelle sèchement :

– Qu'est-ce que tu fais là ?

– Et toi ? Qu'est-ce que tu fabriques, couchée par terre ?

Sans rien ajouter, il redresse mon fauteuil roulant.

– Mets tes bras autour de mon cou, m'ordonne-t-il, je vais t'aider à te relever !

Je le fusille du regard mais j'obtempère, trop contente d'être secourue.

Il m'attrape sous les aisselles et me hisse sur le fauteuil.

Je me sens confuse, à la fois en colère d'avoir été suivie et soulagée que quelqu'un me sorte de cette situation.

– Surtout, ne me dis pas merci ! bougonne Seb.

Je réponds, avec mauvaise foi :

– Parce que tu voudrais que je te remercie de m'avoir espionnée ?

Nos regards s'affrontent un instant, puis brusquement, dans un même élan, nous éclatons de rire.

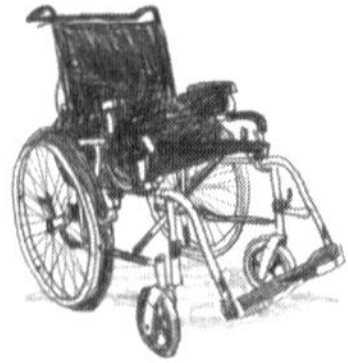

Bird, lui, après avoir galopé sur la pelouse et s'être roulé dans l'herbe fraîche, s'est peu à peu calmé. À présent, il broute avec gourmandise le gazon, profitant de ce petit-déjeuner qui sort de l'ordinaire.

– Seb ? J'ai un service à te demander. Il faudrait rentrer Bird dans son box.

– Mais pourquoi tu ne l'appelles pas, tout simplement ? Il doit bien t'obéir, à toi.

– Monsieur est trop content de goûter à la liberté. Et ce n'est pas en fauteuil roulant que je pourrai l'attraper.

– Parce qu'il faut l'attraper ? Je ne suis pas un cow-boy, moi !

– Tu as la trouille ou quoi ?

– Non, pas du tout ! rétorque Seb. C'est juste que je n'y connais rien.

C'est bien ce que je dis, il a peur, mais il n'ose pas me l'avouer.

– Ne t'inquiète pas, je vais t'expliquer. Prends la corde qui est suspendue dans le box. Et commence par t'approcher de lui. Allez vas-y !

La longe à la main, Sébastien s'avance d'un pas vers le cheval, qui aussitôt s'éloigne pour brouter un peu plus loin.

– Allez, recommence ! Cette fois, appelle-le par son nom ! Parle-lui doucement.

– Bird ! lance Seb, viens ici, Bird...

Le cheval le laisse venir en l'ignorant royalement, mais au moment où il va passer la corde autour de son encolure, l'animal s'échappe en trottinant.

Découragé, Sébastien m'interpelle :

– Tu vois bien que je n'y arriverai pas, il me fait tourner en bourrique, ton canasson !

N'y tenant plus, je finis par avouer :

– Ce n'est pas lui qui se moque de toi, c'est plutôt moi ! Ne te fatigue plus, j'ai un joker. Tu vois la porte bleue, là-bas ? Il y a un seau à l'entrée. Verses-y une mesure d'avoine que tu trouveras dans le grand sac à côté. Ça, il n'y résiste pas. Il te suivrait au bout du monde pour un seau d'avoine.

Quelques instants plus tard, Seb revient avec le fameux seau.

– Prends-en une poignée et tends-lui.
– Mais il va me mordre la main !
– Regardez-moi ce peureux ! Tiens-la bien à plat, ta main ! Tu ne risques rien. Il ne mordra pas celui qui le nourrit.
En effet, Bird, soudain intéressé, s'approche en dressant les oreilles et, d'un coup de langue habile, saisit l'avoine que Sébastien lui tend.
Patiemment, celui-ci l'entraîne peu à peu vers son box.
Je le félicite :
– Tu t'en es bien sorti.
Une fois la porte refermée, Seb caresse la tête du cheval, qui n'a pas l'air de trop lui en vouloir.
– Il est temps de rentrer. Depuis mon accident, mes parents s'inquiètent pour un rien. Parfois, j'ai l'impression d'être une plante qu'on cultive sous serre.
– Pourtant, ils n'ont pas eu peur de te laisser dans un canoë avec un débutant comme moi !
– Pour qu'ils admettent que je pouvais continuer à faire du bateau, aller au cinéma toute seule, passer l'aspirateur, j'ai dû batailler un moment, tu sais. Et dès que j'ai un peu de retard, ils imaginent toujours le pire.

Il me dévisage, les yeux ronds :

– Moi, à ta place, j'en profiterais pour me la couler douce.

– Tu dis ça, mais être handicapé, ça bouleverse ta vie à un point que tu n'imagines pas. Tu ne sais pas comment tu réagirais… Un de mes petits cousins, l'autre jour, m'a lancé : « T'as trop d'la chance, toi, t'es assise toute la journée ! » Je l'aurais baffé !!!

Tandis que nous quittons les lieux, j'ajoute :

– Évidemment, ça reste entre nous, cette petite aventure ?

– Ça ne me paraissait pas utile de le préciser, répond-il, goguenard.

Sur le chemin du retour, je lui raconte comment mon existence a changé depuis l'accident. Comment de valide et insouciante, je suis devenue invalide et dépendante des autres.

– Au fait, Seb, je voulais te dire… Merci pour tout à l'heure.

– Ah, quand même !

– Non sérieusement, je te remercie, parce que le dimanche, au centre équestre, il n'y a personne avant 10 heures… Si tu n'avais pas été là, j'en avais pour un moment à me traîner par terre comme un ver de terre.

– Et moi, je te demande pardon. Je n'ai pas toujours été très cool avec toi depuis notre arrivée.

– C'est ma faute. Je suis souvent en colère. Ça me tombe dessus, c'est plus fort que moi. Surtout quand je vois quelqu'un debout sur ses deux jambes, qui se plaint de sa condition ! Je trouve ça tellement injuste, ce qui m'est arrivé…

Silencieux, nous avançons un moment, profitant du chant des oiseaux. À présent que la glace est brisée, j'ai besoin de me confier à ce garçon tombé du ciel.

– Au début, je t'ai trouvé blasé, râleur, mais il y a une chose que j'ai tout de suite appréciée chez toi : tu n'as jamais eu peur de me regarder dans les yeux, malgré mon handicap. Tu n'as jamais été gêné par mon fauteuil.

– Je ne vois pas pourquoi je serais gêné…

– Tu ne vois pas ? Attends que je te raconte ! Il y a deux semaines, nous étions invités à un mariage. Ça se passait dans une vieille grange, avec plein de gens que je ne connaissais pas. À un moment, quelqu'un a baissé la lumière. Tout le monde s'est levé pour danser. Je suis restée seule à notre table. Un garçon un peu plus âgé s'est assis face à moi. Il m'a fait des compliments sur ma coiffure, mes beaux yeux… Visiblement, je lui plaisais. Il m'a proposé d'aller chercher à boire au buffet. Quand j'ai reculé avec mon fauteuil pour le suivre, il s'est mis à bafouiller bêtement : « Oh pardon, je ne savais pas. » Les yeux fuyants, il a bredouillé une excuse et s'est éclipsé sans demander son reste.

– Eh bien moi, répond Seb, avec ou sans fauteuil, je te trouve…

– Oui, quoi ?

– … Non rien !

De retour à la Lounade, nous sommes accueillis par Ulysse qui nous fait la fête. Les parents sont déjà levés et attablés pour le petit-déjeuner.

– Ben alors ! Vous étiez où ? On s'est inquiétés, s'exclame ma mère.

Je soupire en haussant les épaules :

– Maman ! On était juste partis se promener ! J'ai montré à Sébastien l'étang derrière chez Fraysse.

Les adultes ne cachent pas leur étonnement en nous découvrant réunis, le sourire aux lèvres. Mais à mon grand soulagement, ils se retiennent de tout commentaire.

## Inès

Ce matin, après le petit-déjeuner, Dimitri propose que nous rendions visite à Michel, pour découvrir la fontaine que mon père a réalisée.

Nous pénétrons dans la propriété de notre voisin en passant sous le porche couvert de lauzes. Il est dans son jardin, occupé à préparer ses semis. Il se redresse difficilement et nous accueille avec un grand sourire.

– Alors les jeunes ! Vous êtes venus voir la fontaine ?

– Et son propriétaire, par la même occasion ! répond Maman.

– Tu ne crois pas si bien dire… Cette merveille, elle m'en amène du monde !

Sur le ton de la confidence, il ajoute :

– Je vais vous avouer une chose que je n'ai jamais dite à personne. Quand ma chère

Huguette nous a quittés, eh bien, je me suis abonné à un quotidien!

Comme nous le regardons l'air ahuris, il explique patiemment :

– Grâce au journal, j'étais sûr d'avoir au moins une visite par jour... celle du facteur! Mais ça, c'était avant. Avant que vous ne vous installiez par ici. Avant que nous ne devenions amis et que Raoul ne réalise cette fontaine... Depuis qu'un guide touristique l'a mentionnée, les promeneurs s'y arrêtent, et moi, je ne suis jamais très loin pour faire un brin de causette. Venez, c'est par ici.

Nous voilà rassemblés autour de l'œuvre de Papa. L'eau de la source jaillit au centre d'une pierre circulaire volumineuse recouverte de mosaïque.

– Ouah! s'extasie Seb, il est vraiment beau ton soleil! Et cette pierre, tu l'as trouvée où? Elle est énorme!

– J'ai utilisé la meule de l'ancien moulin, qui finit de s'effondrer en contrebas.

Mon père raconte comment lui et Michel l'ont transportée avec le tracteur.

– Ce n'était pas une mince affaire! se souvient le voisin.

– Je comprends que l'on fasse le détour, s'écrie Sabine, admirative.

– C'est quoi, ces pièces, au fond de la fontaine ? demande Sébastien.

– Ah ça, c'est nouveau ! Depuis quelques mois, les touristes qui passent jettent une pièce dans l'eau en faisant un vœu. Il paraît que ça porte bonheur, répond Michel, l'air dubitatif.

Alors que tout le monde a quitté les lieux, je jette discrètement vingt centimes qui traînaient dans ma poche, et moi aussi, je forme un vœu.

L'après-midi, Seb et moi décidons de retourner au centre équestre. Nous sommes accueillis par Hubert de Tayac, propriétaire des lieux.

– Vous vous faites bien rare, mademoiselle, s'écrie-t-il en me baisant la main.

Sur le même ton, je lui réponds :

– Croyez-moi, monsieur le comte, j'en suis la première affligée.

– Je n'en doute pas, mon enfant, et vous êtes fort courageuse. Quel bon vent vous amène ?

– J'aimerais faire découvrir les chevaux à mon ami Sébastien. Pourrait-il prendre une leçon ?

– Une initiation ? Parfait… Je vais appeler notre cher François qui se fera un plaisir de s'occuper de vous.

Il saisit son portable.

– François ? Figurez-vous que notre chère petite princesse Inès est parmi nous. Elle est accompagnée d'un camarade qui souhaiterait découvrir les joies de l'équitation. Pouvez-vous venir sans tarder ?

Refermant son téléphone d'un claquement sec, il déclare en jubilant :

– J'adore ces appareils ! Ils sont tellement amusants. Je ne manque jamais l'occasion de m'en servir. Même quand ce n'est pas absolument nécessaire.

Et en effet, le moniteur, qui était juste à côté dans la cour, nous rejoint en quelques enjambées.

– Quelle bonne surprise de te revoir ici, s'exclame-t-il à son tour en se penchant vers moi pour m'embrasser.

– Bon, je vous laisse, les enfants, déclare monsieur de Tayac en s'éloignant. Je vais de ce pas accueillir un nouveau pensionnaire, qui nous est envoyé par le haras de Pompadour !

Je me suis laissé dire que c'était un étalon exceptionnel.

François s'adresse à Sébastien :

– Tu as déjà monté ?

– Non jamais, répond mon nouvel ami.

– Et sur un poney ?

– Non plus.

Le moniteur se gratte la tête.

– Le problème, c'est qu'avec les vacances la plupart des chevaux sont déjà sortis. Il me reste Espoir, elle est libre cet après-midi. Mais ce n'est pas la plus docile, elle est un peu coquine avec les débutants.

Si Sébastien a la frousse, il ne le montre pas.

– C'est quand vous voulez ! lance-t-il, l'air fanfaron.

François nous conduit jusqu'au box de la jument.

– D'abord, tu vas panser ta monture. Une bonne manière de lier connaissance. Inès t'expliquera. Moi, j'ai à faire pendant le quart d'heure qui suit. Commencez sans moi, j'arrive !

– Tu sais Sébastien, François, c'est la cheville ouvrière du centre. Il m'a tout appris. J'adorais venir le soir, après l'école, pour l'aider à nettoyer les box, changer la paille. C'était une bonne occasion de rester plus longtemps avec les chevaux.

Je lui indique des ustensiles posés sur une botte de paille.

– Attrape cette étrille, ce bouchon et ce cure-pied, tu en auras besoin pour panser le cheval.

– Attends ! Tu peux parler français ? me demande Seb.

– Tu vas comprendre. Tiens, passe-moi la brosse en plastique bleue, là. C'est l'étrille. Elle sert à décoller la boue et la poussière.

Nous pénétrons dans le box.

– Alors, Espoir, tu vas bien ?

À ces mots, les oreilles de la jument pivotent vers moi et elle me répond par un bref hennissement.

– Je te présente Sébastien. Un petit nouveau qui va s'occuper de toi.

Je montre à mon ami comment frotter Espoir avec de larges mouvements circulaires.

– Tu vas voir, le pansage de ta monture est un moment agréable. Commence par la caresser !

Je lui tends l'étrille.

– Ensuite, tu passeras au bouchon. C'est cette brosse qui te permettra d'enlever ce que l'étrille a décollé. Attention Seb ! Vas-y doucement et dans le sens du poil ! Les chevaux ont la peau fine et délicate. Continue comme ça, parle-lui.

– Mais je lui raconte quoi ?

– Je ne sais pas, moi. Ce qui te vient à l'esprit. L'essentiel, c'est qu'elle s'habitue à ta voix. Ensuite, tu prendras la brosse douce pour terminer le travail. Après, je te montrerai comment nettoyer l'intérieur des sabots avec le cure-pied. En attendant que tu finisses, je vais dire bonjour à Bird.

## Sébastien

Je m'applique à reproduire les gestes qu'Inès m'a appris. Je prends du plaisir à ce contact avec l'animal.

Soudain, Espoir sursaute et moi aussi.

– Comme nous, les chevaux sont chatouilleux ! m'explique François, que je n'avais pas entendu revenir. Et cette jument l'est particulièrement.

Pour finir, il me montre comment enlever la terre et les cailloux des sabots. Il étend sur le dos d'Espoir un tapis, puis une selle, dont il règle les étriers et, enfin, enfile une bride autour de l'encolure.

– Maintenant, tu as de quoi te mettre en selle et te tenir facilement sur le cheval !

« Facilement », c'est vite dit…

– Ne t'inquiète pas ! affirme le moniteur qui semble lire dans mes pensées, tous les cavaliers sont passés par là.

Accompagné d'Inès, qui nous a rejoints, je le suis jusqu'au manège, en tenant la jument par les rênes. Parfois, Espoir donne de petits coups de museau contre mon épaule et, en réponse, je la caresse.

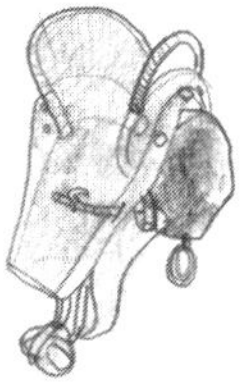

Le manège est une grande piste circulaire couverte de sable, aménagée au centre d'une ancienne carrière. Une fois dans l'enclos, François m'apprend comment monter, le pied sur l'étrier, en me tenant à la selle.

Je me sens fragile tout là-haut, en équilibre sur ma monture. Le moniteur corrige ma position, ma façon de tenir les rênes.

– Pour que ton cheval avance, tu lui donnes simplement une petite impulsion avec les talons.

Au pas, Espoir et moi entamons le tour du manège, tandis que François se tient au centre de la piste.

– Ne regarde pas le sol, porte ton regard loin devant !

Peu à peu je relâche mes épaules, je me détends. J'épouse le rythme du cheval, nonchalant. Je commence à apprécier de voir le monde de plus haut.

– Garde tes bras et tes coudes près du corps ! Ça va... Tu ne te débrouilles pas trop mal. Allez, on va essayer autre chose. Maintenant, nous allons travailler les directions.

Je m'attache à diriger ma monture à droite, puis à gauche, en pivotant mon poignet.

Lorsque je passe à côté d'Inès, celle-ci m'adresse un petit clin d'œil complice.

– On ne se laisse pas déconcentrer, Sébastien ! Rappelle-toi ! Si tu tires sur les rênes, tu fais mal à ton cheval et tu n'obtiens rien de lui ! Bon, je te sens assez confiant, on va tenter le trot.

Sur un geste de François, la jument modifie son allure pour adopter un tempo à deux temps, plus rapide. Surpris par ce changement de rythme, je réussis à conserver l'équilibre, mais mes fesses cognent à contretemps sur la selle et je suis nettement moins à l'aise.

– Ça allait trop bien, je murmure pour moi-même.

Heureusement, la jument s'arrête et se penche sous la barrière qui entoure le manège.

Elle a repéré une touffe d'herbe grasse qu'elle se mettrait bien sous la dent. J'ai beau lui donner de petits coups de talon, Espoir, insensible, continue à brouter.

Désarmé, je m'écrie :

– Qu'est-ce qu'elle fabrique ? Elle n'avance plus !

François se moque gentiment de moi :

– Elle réserve ce numéro-là à tous les débutants. Il faut que ton cheval sente que c'est toi qui commandes. Allez vas-y ! Sois plus autoritaire, donne-lui un coup de talon sec, mais sans taper comme une brute.

J'obtempère et le résultat dépasse mes espérances. La jument se lance au galop comme une flèche. Surpris, je m'agrippe à la selle pour ne pas tomber.

À ma droite, j'entends vaguement la voix de mon prof me crier quelque chose. Paniqué, je me cramponne à l'encolure d'Espoir. Le vent s'engouffre dans ma bouche grande ouverte.

Révélant toute sa puissance, la jument m'envoie un message clair : *Je te tolère sur mon dos, mon gaillard, mais ne te crois pas tout permis.*

C'est bizarre... Je suis mort de trouille et en même temps, je vis cet instant avec une joie intense. Faisant corps avec mon cheval, je m'imagine dans la peau du chasseur comanche, montant à cru, à la poursuite d'un bison, ou du cavalier kazakh chevauchant à travers la steppe aride.

Mis en confiance, j'essaie de me redresser en relâchant mon emprise sur l'encolure, mais je ne résiste pas longtemps à la force centrifuge qui m'arrache à ma monture.

Quelle chute ! Je tombe lourdement sur le sable du manège et reste étendu au sol sans bouger.

Aussitôt François se précipite.

– Ça va ? Ça va ? s'écrie-il à court de vocabulaire.

Un peu sonné, je garde les yeux fermés, le visage inexpressif.

– Tu m'entends Sébastien ?

Je sens le moniteur qui se penche sur moi pour tâter mon pouls.

– C'est grave ? crie Inès de loin.

À ces mots, j'ouvre doucement les yeux, le regard vide.

– Tu vois ma main, là ? J'ai combien de doigts ? me demande François en montrant le pouce et l'index.

Je réponds d'une voix étrangement calme :
– Trois.
– Ouh là là ! C'est sérieux... Et tu t'appelles comment ?
– Je ne sais pas... Et vous, vous êtes qui ?
– Merde ! Vite, j'appelle le 15.
Inquiète, Inès insiste :
– Il est blessé ?
– J'en ai bien peur ! répond François en pianotant sur son portable.
Mais d'une voix claire et malicieuse, je l'interromps :
– C'est bon... J'arrête ! C'était une blague.
– Une blague ?!!! s'indigne le moniteur. Tu ne me refais jamais un coup pareil !
M'étant redressé pour m'asseoir, je lui décoche un sourire si désarmant que sa colère s'éteint comme par enchantement.
– Je n'ai jamais eu aussi peur de ma vie. Monter sur un cheval, c'est l'expérience la plus excitante que je connaisse... Je peux revenir demain ?
Alors que je me relève trop vite, il me sermonne :
– Doucement quand même ! Ou je t'envoie aux urgences.
– Non mais ça va, je vous dis, je n'ai mal nulle part !

– Qu'est-ce qui se passe ? s'énerve Inès.

C'est un François beau joueur qui déclare :

– Ton jeune ami est un peu comédien et il mériterait qu'on lui tire les oreilles pour s'être moqué de nous, mais il semble en pleine forme.

Se tournant vers moi, il conclut :

– Tu vas remonter en selle, Sébastien, et rentrer au pas.

Inès nous attend à l'entrée du manège. Aussitôt, elle m'interpelle :

– Ce genre de blagues, tu les gardes pour tes potes !

– Je voulais voir si tu tenais à moi.

– Tu as eu ta réponse au moins !

Elle tend sa main vers moi jusqu'à me toucher et murmure :

– Bravo ! Je suis fière de toi.

– Bon, ça reste entre nous, hein, tu ne racontes pas à mes parents que je me suis cassé la figure ?

– Ça ne me paraissait pas utile de le préciser, répond Inès avec un sourire entendu.

De retour près des box, après avoir retiré la selle, le tapis et la bride, je reprends le rituel du pansage.

Comme par magie, Inès brandit une demi-baguette de pain rassis.

– Tiens, donne-lui ça ! C'est sa récompense pour t'avoir supporté pendant la séance.

Avant de nous quitter, le moniteur me tape sur l'épaule.

– Pour répondre à ta question, oui, tu peux revenir demain. Tu as un bon feeling avec le cheval, ce n'est pas si courant pour un débutant.

Après avoir remercié François et pris rendez-vous pour une deuxième leçon particulière, nous rentrons à la maison.

En chemin, je m'exclame, exalté :

– Merci, Inès, tu m'as fait un beau cadeau !

– Je pourrais être jalouse. Pourtant, ça me fait plaisir. Je me sentais un peu avec toi sur la selle.

– Je suis certain que tu pourrais remonter à cheval, si tu le voulais.

– Ce n'est pas l'envie qui me manque. Je sais que c'est possible, avec une selle adaptée. Mais mes parents ne voudront jamais. Ils auront trop peur.

– Qu'est-ce que tu en sais ? Tu veux que j'en parle à ton père ? On s'entend bien, tous les deux.

– Non, non, surtout ne t'en mêle pas ! En tout cas, s'écrie-t-elle en détournant la conversation, toi, tu as attrapé le virus…

Le soir, au dîner, Raoul nous annonce qu'une fête aura lieu demain à la maison. Ils ont invité plein de copains.

– Et on fête quoi ? je demande.

– L'anniversaire d'Inès !

Je sais déjà ce que j'aimerais lui offrir. Mais il n'y a pas de temps à perdre.

## Sébastien

Il est 8 heures et je suis déjà dans l'atelier. J'ai décidé de terminer la mosaïque aujourd'hui. Je compte l'offrir à Inès pour son anniversaire.

Il me reste la pâte du joint à étaler pour que tous ces petits morceaux ne forment plus qu'un. Je me surprends à siffloter quelques notes avec bonne humeur.

Raoul est là. L'air de rien, il veille au bon déroulement des opérations.

– Dans une heure, m'explique-t-il, tu reviendras pour essuyer la surface avec une éponge humide, jusqu'à ce que chaque pièce réapparaisse.

– Je vais régler ma montre, sinon, je risque de rater l'heure.

– Ne t'inquiète pas, je t'appellerai. Ensuite, tu n'oublieras pas de passer un coup de chiffon sec, avec un peu de vinaigre d'alcool. Tu verras, les nuances de couleurs n'en seront que plus belles.

Entre deux essuyages de mosaïque, je donne un coup de main en cuisine où la fête se prépare.

– Bonjour ! Je suis Nadège, la grand-mère d'Inès, me dit avec un franc sourire une dame aux cheveux blancs, en me tendant un batteur électrique. Tu sais battre les blancs en neige ?

Autour de moi, casseroles, poêles et spatules donnent le tempo, tandis qu'Inès et son aspirateur jouent en contrepoint.

Le soir arrive doucement. Les amis aussi, les bras chargés de cadeaux, de bouteilles, de tartes, de salades et de gâteaux.

Mon père fait semblant de se plaindre :

– Ce n'est pas encore ce soir qu'on va mourir de faim !

– Moi, j'ai peur pour mon tour de taille, s'écrie ma mère, je ne sais pas résister. Il faut que je goûte à tout !

– Rassurez-vous ! rétorque Sasha. On va aussi danser…

– Et on va jouer de la musique, j'espère ! ajoute Grégoire, un copain d'Inès qui vient d'arriver. J'ai apporté ma darbuka.

C'est la première fois que je vois une soirée où se mélangent ados et adultes. Damien, un garçon dont Inès parle souvent, est aux platines. Il a apporté une valise de CD et sa clé USB.

– Avec ça, croyez-moi, vous allez transpirer, nous promet-il.

Comme, en avril, l'air est encore un peu frais, la fête a lieu à l'intérieur. On a repoussé les meubles contre les murs pour dégager l'espace dans la grande pièce à vivre. Le tempo latino et le poêle à bois réchauffent déjà l'ambiance. Les gens, heureux de se retrouver, échangent les nouvelles. Je me sens bien avec eux.

À l'arrivée, chacun reçoit un verre en plastique marqué à son prénom. Raoul et Papa distribuent le punch ou les jus de fruits, tandis que Fleur et Maman se relaient pour apporter les plats de la cuisine. Sasha et moi, nous nous faufilons entre les invités avec nos plateaux garnis des toasts que nous avons tartinés cet après-midi.

Soudain, Raoul s'exclame :

– Regardez comme elle est belle ! Non, mais vous avez vu comme elle est belle ?

Je me retourne et, découvrant Inès, je marque un temps d'arrêt. Elle, qui d'habitude joue les garçons manqués, a revêtu une jolie robe blanche qui couvre ses jambes et découvre ses épaules. Ses cheveux en chignon et sa nuque dégagée mettent en valeur son cou mince et élancé. Pour la première fois, je remarque qu'elle a de beaux yeux verts.

– Bah quoi, tu ne me reconnais pas ? me lance-t-elle moqueuse. Toi, par contre, tu aurais pu faire un effort…

C'est vrai que je n'ai pas pris le temps de changer mon éternel tee-shirt bleu « Take the power » qui fait tant râler ma mère parce qu'il est complètement déformé.

– D'accord, j'ai compris le message, je reviens dans cinq minutes.

Tandis que je m'éloigne, j'entends la voix de Sasha qui interpelle Inès :

– On dirait que ça va mieux tous les deux !

Je fouille un moment dans ma valise et finis par dénicher un pantalon noir à peu près correct. Par contre, pour le haut, c'est la misère. Je n'avais pas prévu la tenue correcte exigée. Mais j'ai ma petite idée…

Lorsque je reviens, je suis accueilli par les cris admiratifs d'Inès et de Sasha.

– Comme il est mignon !!! s'écrient-elles d'une seule voix.

– Hé, mais c'est ma chemise rouge ! rouspète mon père.

– Pas de soucis, Papa ! Je te la rends demain, c'est promis.

– En attendant, elle te va très bien, confirme ma mère.

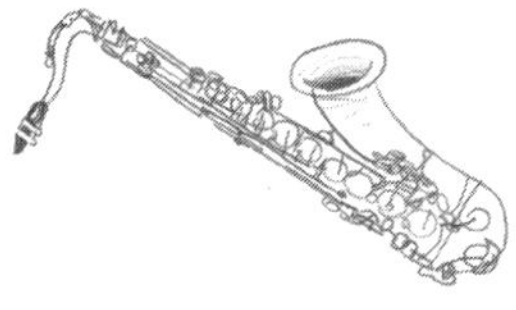

Raoul baisse la musique et Fleur prend la parole.

– Maintenant que tout le monde est là, commence-t-elle, nous aimerions lever notre verre à celle pour laquelle nous sommes réunis ce soir. Bon anniversaire, ma chérie !

Les regards convergent vers Inès qui ne baisse pas les yeux mais sourit, rayonnante.

Sa mère s'empare alors de son saxophone et entame la mélodie de *Happy Birthday*, bientôt reprise par nous tous à la voix. Les musiciens attrapent leurs instruments et peu à peu, la musique envahit la pièce.

Lorsque la chanson est finie, dans le silence qui frémit encore, un grand barbu, de sa voix de ténor, attaque un chant andalou, bientôt suivi par Fleur au saxophone. Un violon, une guitare, des percussions, les accompagnent. Un garçon, un peu plus jeune que moi, reprend le thème à la trompette avec une aisance époustouflante. J'attrape alors des maracas et je commence à les secouer timidement. Peu à peu, je prends de l'assurance et je m'accroche tant bien que mal au rythme soutenu.

Certains se lèvent pour danser, y compris Sasha qui n'est pas en reste quand il s'agit de s'agiter. Je pose mes percussions et je la rejoins. Lorsque le morceau s'achève, on s'applaudit, on se félicite. Je réalise alors qu'Inès a disparu.

Damien, en DJ confirmé, enchaîne avec un CD et chacun part se ravitailler.

Je demande à Raoul s'il n'a pas vu sa fille. Mais lui non plus ne sait pas où elle est. Je ne la trouve ni dans la cuisine ni dans la salle de bains. Je finis par frapper à la porte de sa chambre.

– Inès, tu es là ?

Un murmure étouffé me répond à travers la cloison :

– Oui, tu peux entrer…

Elle se tient devant sa fenêtre, dans le noir, la tête tournée vers le jardin, de sorte que je ne vois que son profil. Dehors, la lune est puissante et découpe parfaitement son visage.

– Qu'est-ce que tu as ? Tu n'es quand même pas jalouse parce que je danse avec Sasha ?

– Ce n'est pas ça ! me répond-elle.

– Tu n'es pas heureuse ce soir avec tous ces gens qui sont venus pour toi ? Tu as beaucoup d'amis qui t'aiment. Moi, je n'ai jamais eu autant de monde à mon anniversaire.

– C'est vrai, j'ai de la chance, mais c'est plus fort que moi. Ça me rend trop triste de ne pas pouvoir danser. Si tu m'avais vue dans les soirées… J'étais la première à me lever. La danse, c'est comme le cheval, je n'arrive pas à faire une croix dessus.

Après un silence, elle ajoute :

– Avant, je dansais même dans mes rêves…

Elle hésite à poursuivre et moi, je retiens mon souffle.

– Ça, c'était avant… avant l'accident. Aujourd'hui, mes rêves sont plus simples. Beaucoup plus simples. Aujourd'hui, je rêve que je marche, avec facilité. Je suis libre et je n'ai pas besoin d'un fauteuil pour aller d'un point à un autre.

Je lui prends la main tandis qu'elle continue :

– Mais au réveil, je retrouve toujours les lois de l'apesanteur et mes jambes qui ne répondent plus à l'appel.

– C'est vrai, tu ne peux plus marcher. Tu ne peux plus danser toute seule, pourtant…

Je m'approche d'elle et la prends dans mes bras pour la soulever. Elle est plus légère que dans mon souvenir.

– Arrête ! Tu ne vas pas faire ça ! proteste-t-elle en riant nerveusement.

– Je vais me gêner ! Tu n'as pas honte de moi ? Alors sois cool !

Lorsque nous pénétrons dans la salle, tous les convives se tournent vers nous. Ils s'écartent un peu pour nous laisser de la place.

Inès, lumineuse, est suspendue à mon cou pendant que je tournoie. Elle rit et sa robe la suit gracieusement.

Quand la musique s'arrête, on nous applaudit comme des stars.

Je dépose Inès sur le canapé et m'assois à ses côtés. Détendue, elle abandonne sa tête sur mon épaule.

– Merci, me chuchote-t-elle.

Mon père s'approche avec des jus de fruits.

– Je viens saluer le héros et sa belle cavalière. Mon fils, tu as fait honneur à ma chemise. Pour la peine, je te l'offre !

– Et si on passait aux cadeaux ! propose Sasha, impatiente.

Chacun va chercher son paquet pour l'apporter à la reine de la soirée qui prend un malin plaisir à ouvrir très lentement les emballages sans déchirer le papier.

Peu à peu, elle étale autour d'elle boucles d'oreilles, CD, foulard, romans, BD… En découvrant ma mosaïque, Inès ne dit rien, mais elle la serre contre elle, sans cacher son émotion.

À leur tour, ses parents s'approchent avec un gros carton. Toute l'assemblée pousse une exclamation en découvrant ce qu'il contient.

– Cette selle est spécialement adaptée pour toi, explique Raoul. Grâce à son assise profonde, tu vas pouvoir remonter à cheval, ma Toutouille.

– Je ne te cache pas que ça nous effrayait, ton père et moi, confie Fleur. Mais nous espérons que ce cadeau te comblera.

Inès caresse d'une main le cuir brun.

– Mon vœu est exaucé, murmure-t-elle. La fontaine de Michel a tenu sa promesse.

Puis, ne retenant plus ses larmes, elle articule avec difficulté :

– Merci à tous.

Grégoire saisit alors sa darbuka et la fête reprend. Je me penche vers Inès et chuchote à son oreille :

– Mademoiselle, m'accorderez-vous cette danse ?

# Inès

Je suis réveillée par une pensée qui m'obsède : remonter à cheval.

Mais un lendemain de fête, difficile de tirer quelqu'un du lit avant 10 heures. Alors je ronge mon frein.

Au bout d'une demi-heure, n'y tenant plus, je vais gratter à la porte de Sébastien.

– Seb ! Tu dors ?

Comme il ne répond pas, j'entre et m'approche du lit. Il est allongé sur le ventre, la tête sous l'oreiller.

– Seb! Seb ! Tu dors ?

– Mmm…

– Réveille-toi, Seb !

– Quech quia ?

– Je voulais te demander… Tu ne veux pas m'accompagner au centre équestre ? J'ai trop envie de faire du cheval !

– Mmmmm, ça peut pas attendre ?
– Mets-toi à ma place et tu comprendras !
– Bon d'accord... J'ai le temps de m'habiller ou il faut que j'y aille tout nu ?
– Merci, t'es cool ! Je patiente dans la cuisine.
Sébastien me rejoint rapidement, après s'être passé la tête sous l'eau, histoire de se rafraîchir les idées. J'aime bien ses mèches brunes et brillantes plaquées sur son visage... Il est encore plus beau les cheveux mouillés.
Dans l'entrée, je lui montre la selle.
– Dis donc ! Ça pèse ton truc ! Et tu veux que je la porte jusqu'au centre ?
– Vu la facilité avec laquelle tu m'as fait virevolter sur la piste de danse hier soir, je ne pensais pas que cela te poserait un problème, je lui réponds avec un petit sourire charmeur.
– On ne peut rien te refuser à toi !
Il m'ouvre la porte pour me laisser sortir en premier, mais à cet instant précis une voix résonne derrière nous.
– Où partez-vous comme ça, les tourtereaux ? demande mon père en s'étirant et en bâillant.
– Sébastien m'accompagne au centre équestre. Je voudrais tellement tester ma nouvelle selle.

– Vous n'allez pas y aller à pied ? Attendez, je vous accompagne.
– Mais Papa, on voulait partir tout de suite !
– Écoute, je comprends que tu sois impatiente, ça fait des mois que tu n'as pas monté. Seulement tu peux bien tenir encore quelques minutes. Laisse-moi le temps de m'habiller et d'avaler un thé.
Il revient rapidement, accompagné de Maman qui s'est levée aussitôt :
– Je serais si contente de te voir de nouveau à cheval !
Bientôt, nous voilà partis tous les quatre, laissant le reste de la maisonnée terminer sa grasse matinée.

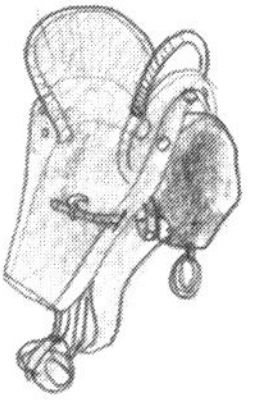

Lorsqu'il nous aperçoit, François s'exclame :
– Déjà ? Je vous espérais aujourd'hui, mais pas si tôt !
Comme je le regarde sans comprendre, il m'explique :

– Tes parents sont venus me consulter au sujet de l'achat de cette selle. Je me doutais qu'après ton anniversaire tu n'attendrais pas longtemps pour l'essayer. Tu verras, ce dossier rehaussé et cette poignée supplémentaire te maintiendront parfaitement.

– J'espère, je murmure la gorge serrée.

– D'ailleurs, j'étais tellement sûr que tu viendrais ce matin que je t'ai réservé Bird. C'est mon cadeau d'anniversaire, petite princesse !

Le moniteur ouvre la porte du box. Sans hésiter, je m'approche du cheval qui me renifle et me « goûte » délicatement. Il s'intéresse au fauteuil qu'il inspecte avec ses grandes lèvres.

Je lui parle en lui caressant les naseaux puis le panse soigneusement. Avec l'aide de Seb, je lui nettoie les sabots pour enlever les cailloux qui pourraient le blesser.

Je prends mon temps, comme pour retarder le moment fatidique.

Enfin, épaulé par Papa, François me soulève et me dépose sur Bird. Celui-ci, comprenant toute la portée de cet instant, ne bouge plus.

– C'est génial ! Avec cette selle, je me sens bien soutenue devant et derrière.

Après avoir réglé mes étriers, le moniteur nous entraîne vers le manège.

– Aujourd'hui, explique-t-il en chemin, c'est un peu comme si tu montais pour la première fois. Tu comprends, tu es redevenue une débutante. Tu n'as plus tes jambes pour communiquer avec ton cheval.

– Est-ce qu'il ne va pas en profiter pour n'en faire qu'à sa tête ? s'inquiète Maman.

– Au contraire, assure le moniteur, les chevaux sont très attentifs. Chaque mercredi nous accueillons dans notre centre un groupe d'enfants handicapés et c'est merveilleux comme ces animaux font preuve de compréhension envers eux.

Lui et Papa encadrent le cheval qui avance paisiblement. Bird et moi, nous nous redécouvrons.

– Détends-toi ! me conseille François. Sers-toi de ta voix, de tes mains ou de ton buste pour diriger !

Peu à peu, je reprends confiance et retrouve le balancement caractéristique du cavalier, pareil au bercement d'un bébé dans le ventre de sa mère.

Puis, comme tout semble bien se dérouler, mon père et François s'écartent, me laissant seule avec ma monture.

Attentif, Sébastien ne me quitte pas des yeux. Lui qui vient de vivre cette expérience imagine sans doute ce que je ressens.

Un groupe s'approche discrètement. Ce sont Dimitri, Sabine et quelques amis restés dormir à la maison, qui viennent de nous rejoindre.

– On a trouvé votre mot sur la table de la cuisine. On ne voulait pas rater cet événement !

Sans tarder, Dimitri sort son carnet de croquis et s'assoit sur la barrière qui entoure le manège.

– En matière d'équidés, j'ai des lacunes à combler. Il n'y a rien de plus difficile à dessiner, explique-t-il.

Pendant ce temps, le moniteur a planté trois piquets dans le sable, à quelques mètres les uns des autres.

– On tente un petit slalom, ma belle ? me propose-t-il. N'oublie pas, sers-toi plus de ton regard et de tes épaules pour donner la direction !

Tout le monde est impressionné par la sensibilité du cheval qui saisit sans difficulté mes indications.

– Mais tu pleures ! s'écrie soudain Maman. Que se passe-t-il ?

– C'est la fatigue, explique François, il est temps de s'arrêter.

– Tu as mal quelque part ? me demande Papa. Une demi-heure, c'est peut-être trop long pour une première fois ?

– C'est la selle qui te fait mal ? s'inquiète ma mère.

– Elle est certainement en hypoglycémie, suggère Sabine.

– Ou alors c'est…

– Mais laissez-la parler ! s'exclame Seb.

Confus, les adultes se taisent enfin. Ma voix s'élève et se brise un instant :

– Je suis si bien avec Bird !… J'ai l'impression d'avoir retrouvé mes jambes !!! Je ne me sens pas du tout fatiguée ! J'aimerais même faire une promenade, celle des crêtes par exemple. Seb pourrait m'accompagner.

Ma mère se tourne vers François.

– Qu'en pensez-vous ? N'est-ce pas prématuré ?

– Si elle ne se lance pas dans un galop effréné, elle peut très bien partir en balade. Cette petite randonnée ne présente pas de difficulté majeure.

– Je peux y aller alors ?

– Et moi aussi ? ajoute Seb, se tournant vers ses parents qui acquiescent aussitôt.

– Toi, mon garçon, tu vas monter Isia, annonce le moniteur. C'est la jument la plus docile du centre. Avec elle, tu ne risques aucune entourloupe!

Un peu plus tard, je guide Sébastien sur le chemin de la Grafouillère en direction de la crête. Nous avançons en file indienne, serpentant entre les chênes et les châtaigniers.

La forêt s'éveille doucement, sous la caresse du soleil perçant à travers les feuillages. Une chouette mélancolique fait ses adieux à la nuit tandis qu'un écureuil bondit à quelques mètres devant nous, sans nous accorder le moindre regard. Nous traversons un sous-bois couvert de pervenches qui dessinent comme un tapis violet.

Après le vieux moulin, alors que nous pénétrons dans une clairière, le chemin s'élargit. J'invite Seb à venir à ma hauteur. Aucun vallon, aucun bosquet, aucun sentier n'a de secret pour moi, et j'ai beaucoup de plaisir à les redécouvrir.

Tout au long du parcours, nous progressons côte à côte, sans hâte, bien conscients de la chance que nous avons. Alors que nous nous arrêtons près d'une source pour que nos montures se désaltèrent, Sébastien descend se dégourdir les jambes. Il flatte l'encolure d'Isia.

– La première chose que j'ai aimée quand je suis entré dans un box, c'est l'odeur, déclare-t-il. Cette odeur propre aux chevaux.

– Moi, j'aime aussi leur élégance et l'impression de force qu'ils dégagent.

– Et puis le bruit de leurs sabots lorsqu'ils frappent le sol. Ça me rappelle les danseurs de claquettes, remarque Seb.

– C'est vrai, je n'y avais jamais pensé. Mais, tu vois, ce qui me plaît avant tout, c'est prendre de la hauteur ! Et ça ne m'était plus arrivé depuis que je suis rivée à ce satané fauteuil.

– Remarque, avec un cheval qui s'appelle Bird, c'est facile de prendre de la hauteur ! plaisante mon ami.

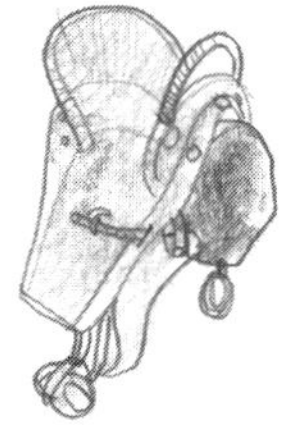

De retour à la maison, je me décide à interroger mes parents :

– Comment avez-vous eu l'idée de m'acheter cette selle ?

– Monsieur de Tayac nous a appelés il y a quelques semaines. Il observait ton manège depuis un moment…

– Quel manège ? je bredouille, soudain gênée.

– Il t'a surprise à plusieurs reprises près du box de Bird à une heure très matinale. Tu vois ce que je veux dire ?

Je reste sans voix, et mon père poursuit :

– D'ailleurs, tu as pris des risques l'autre jour… Il a failli intervenir, mais ça n'a pas été nécessaire, quelqu'un l'a fait avant lui !

Seb et moi échangeons un regard complice et je conclus :

– Décidément, sur ses terres, rien n'échappe à monsieur le comte…

La journée s'écoule paresseusement. Les amis plient bagage les uns après les autres et la maison retrouve son aspect habituel.

Le dîner est d'autant plus savoureux que c'est le dernier. Demain, Seb et ses parents remontent à Paris.

Sabine pose sa fourchette et se racle la gorge :

– Nous avons passé quelques jours formidables en votre compagnie. Fleur et moi étions heureuses de nous retrouver, mais d'autres en ont bien profité, je crois ! En tant que maman, j'ai un remerciement spécial à formuler. Grâce à vous, Sébastien a beaucoup changé en une semaine. Vous lui avez redonné le sourire…

– Je te renvoie le compliment, s'exclame mon père, cette semaine a été très agréable. Je suis heureux que nous tous, petits et grands, ayons trouvé le chemin de la fraternité.

– Moi, je vous remercie pour votre hospitalité et votre générosité, ajoute Dimitri. Je suis tout excité par nos projets de collaboration. J'ai hâte de voir ce que mes dessins peuvent donner une fois réalisés en mosaïque par Raoul.

Émue, ma mère se lève et quitte la table. Elle revient presque aussitôt, son saxophone en bandoulière.

– Moi, voilà ce que j'ai à vous dire.

Elle entame une mélodie gaie comme l'amitié et triste comme une séparation. Une de ces mélodies qui font monter les larmes aux yeux.

Seb et moi, nous ne prononçons pas un mot, de peur de craquer, mais ma main se fraie un passage jusqu'à la sienne.

Après toutes ces émotions, je n'ai pas envie d'aller me coucher. Je négocie avec les parents une autorisation de sortie pour nous deux. Ils nous l'accordent, à condition que la promenade nocturne s'achève avant minuit.

## Sébastien

Le temps d'enfiler mes chaussures et nous nous retrouvons dans la cour, en compagnie d'Ulysse, dont la queue frétille dès qu'il entend le mot « balade ».

Inès acquiesce d'un sourire quand je lui propose de l'aider en poussant son fauteuil. Il est loin le temps des hostilités.

Elle me guide sur un sentier mystérieux qui s'enfonce dans la nuit. Je pense soudain que nous avons oublié la lampe de poche.

– On n'en a pas besoin, me répond-elle. Nos yeux vont s'habituer à l'obscurité. Regarde, on a même une ombre, comme en plein jour.

Nous entrons dans un sous-bois. Je m'inquiète encore :

– Dis-moi, Inès, ça va passer pour le fauteuil ?

– Oui, rassure-toi ! Ce chemin, je le connais bien. En passant par là, on n'aura ni gros cailloux ni branches en travers.

Soudain, le chien, qui courait devant, se met à aboyer et disparaît dans la forêt. Nous nous arrêtons pour l'écouter glapir dans le lointain. Peut-être pourchasse-t-il un gibier aux abois ?

Mais que voit-on surgir des fourrés ? Un Ulysse affolé poursuivi par deux sangliers grognant et éructant. Ce groupe de tête est talonné par six marcassins qui tentent de ne pas se laisser distancer par leurs parents.

– Je ne voudrais pas être à sa place.

– Il en a vu d'autres, déclare Inès. Ne te fais pas de soucis, les sangliers vont se calmer. Ils l'auront juste un peu effrayé. Hélas, ce n'est pas sûr que ça lui serve de leçon…

Bientôt, nous atteignons le sommet de la colline et son fameux point de vue. La nuit est claire.

Par endroits, les lumières d'un village scintillent dans le paysage endormi.

Levant les yeux au ciel, mon amie lance un cri du cœur :

– Parfois, j'aimerais être comme une de ces étoiles et passer inaperçue au milieu des autres…

Je lui fais gentiment remarquer que tous ces astres portent un nom. Et j'ajoute :

– Si tu veux, je peux t'expliquer comment les reconnaître ! Ce soir, nous avons de la chance, l'air est pur. On voit bien la Voie lactée.

– C'est quoi, la Voie lactée ? me demande-t-elle.

– C'est la partie visible à l'œil nu de notre galaxie.

Tendant la main vers le Nord, je commence la visite guidée.

– Tu vois cette espèce de casserole ?

– Ah ça, je connais ! s'écrie Inès, c'est la Grande Ourse.

– Exactement ! Maintenant, regarde l'étoile au milieu du manche…

– C'est bizarre, j'ai l'impression d'en distinguer deux.

– Tu as de bons yeux, car il y a bien deux étoiles, qui tournent l'une autour de l'autre : Mizar et Alcor. D'ailleurs, chez les Grecs anciens, c'était un test de vue.

– Mais comment tu sais tout ça ?

– Cette année, au collège, mon prof de SVT animait un atelier d'astronomie. Je n'ai pas raté une seule séance, il était passionnant !

À genoux près d'elle, le doigt tendu vers le ciel, je continue de la guider :

– En suivant cette ligne, tu arrives à l'étoile Polaire. Elle t'indique presque le Nord.

– Avec toi, c'est facile de se retrouver dans le ciel.

– Et là, c'est Mérak et Dubhe, deux étoiles de la Grande Ourse, qui nous mènent à la constellation de Cassiopée pour arriver tout droit sur ce grand carré formé de quatre étoiles, la constellation de Pégase.

– Pégase ! s'écrie Inès. C'est un cheval de la mythologie grecque qui avait des ailes.

– Très juste !

Soudain, elle regarde sa montre.

– Mince ! Il faut rentrer, sinon mon fauteuil va se transformer en citrouille !

Alors que nous prenons le chemin du retour, je m'inquiète pour Ulysse qui n'a pas encore réapparu.

– Et ton chien ? Qu'est-ce qu'il devient ? On n'est pas censés rentrer avec lui ?

– Tu as raison, Sébastien… Dis-moi, tu ne veux pas escalader un arbre pour l'appeler de là-haut ?

– Mais je ne sais pas grimper aux arbres, moi ! Par contre, je peux me toucher le nez avec la langue !

– Ça ne sert à rien ! s'écrie-t-elle en riant.
– Bah si, regarde, le voilà !
En effet, alors qu'on ne l'attendait plus, le chien réapparaît, tout crotté mais entier.

# Inès

*Le lendemain…*

9 heures. Comme si un claquement de doigts nous avait tous réveillés d'un seul coup, la table du petit-déjeuner est prise d'assaut par une bande d'affamés.

Nous partageons et tartinons le pain de campagne que Maman a cuit la veille. Nous goûtons à chaque confiture. Nous parlons de tout, sauf du départ, bien sûr.

J'éprouve un sentiment curieux. Je me sens à la fois légère et mélancolique.

Nos deux pères, les coudes sur la table, la tête pleine de leurs projets communs, sont volubiles comme les oiseaux aux premiers beaux jours.

Nos mères, elles, projettent déjà de se téléphoner, alors qu'elles ne se sont pas encore séparées.

Sébastien et moi restons silencieux, mais nos yeux sont bavards. Parfois, un sourire se faufile sur nos lèvres, ou c'est un voile de tristesse qui vient se poser sur nos fronts.

Les sacs de voyage ont rejoint la voiture, les bisous ont sonné sur nos joues, les portes se sont fermées, le moteur s'est réveillé. J'ai retenu mon souffle et la voiture s'est ébranlée.

Alors, nos mains se sont agitées.

– Au revoir !

– Revenez vite !

– On s'appelle, d'accord ?

J'ai fixé mon regard sur celui de Sébastien, bien décidée à ne plus le lâcher, puis leur véhicule a disparu dans le virage.

*Les semaines suivantes…*

Chaque jour, en ouvrant ma boîte mail, j'espère y trouver un message de Seb. Mais plus de nouvelles des Parisiens. Et ce silence fait du bruit dans ma solitude.

Chaque jour, je repense à notre complicité, à nos crises de fous rires, comme de lointains souvenirs.

Dans mon miroir le matin, je me trouve moche. De toute façon, il a retrouvé sa rue, ses copains, son collège, sa cité. Moi et mes petits chevaux, il n'en a plus rien à faire!

Je me demande comment j'ai pu croire qu'il s'intéresserait encore à moi, une fois rentré à Paris. Je me confie à ma mère :

– Quand même! Il pourrait me téléphoner, non? Ou m'envoyer un SMS!

– Sois patiente! me répond Maman d'un ton énigmatique. Tu sais, ce n'est pas parce que tu n'as pas de nouvelles de lui qu'il ne pense pas à toi…

La maison est trop calme depuis son départ. Chacun creuse son sillon quotidien. Ma mère, ses cours d'allemand, mon père, ses commandes, et moi, la routine du collège.

Ulysse aussi semble triste. Moins de caresses, moins de promenades… Plus personne pour lui lancer le bâton.

Heureusement, Bird, lui, me reste fidèle! Nos rendez-vous sont réguliers et je n'ai plus besoin de me cacher pour lui rendre visite.

Un soir, en rentrant du collège, je trouve ma mère au téléphone, un curieux petit sourire aux lèvres, un sourire que je n'arrive pas à interpréter.

Elle me demande aussitôt de la laisser, m'envoyant dans ma chambre sous un mauvais prétexte.

Taraudée par la curiosité, je reste dissimulée dans l'ombre du couloir en tendant l'oreille pour écouter la conversation, mais je ne saisis pas grand-chose de ses paroles étouffées.

Je surprends juste une phrase qui aiguise mon intérêt :

– Non, je ne lui ai encore rien dit. Je ne voudrais pas qu'elle soit déçue si rien ne se fait.

*Un mois plus tard…*

Lorsque j'entre dans la cuisine ce soir-là, je trouve mes parents tout excités.

– Qu'est-ce qui vous arrive ? Vous avez gagné au Loto ?

– Pour gagner, il faudrait déjà jouer, répond ma mère.

– Ah non ! Pour être sûr de gagner, il ne faut surtout pas jouer ! corrige mon père.

– Alors ? Qu'est-ce que vous avez ?

– Nous avons une bonne nouvelle à t'annoncer !

– Quoi ? Mais quoi ? je m'écrie, impatiente et curieuse.

– Eh bien, figure-toi ma Toutouille que Sabine vient d'obtenir sa mutation ! Tous les trois ont décidé de quitter la capitale pour s'installer près de chez nous.

– C'est génial ! Et Seb a accepté d'abandonner ses potes ?

– En fait, c'est lui qui a fait pencher la balance, explique Maman. Depuis les vacances de Pâques, ses parents étaient tentés de laisser derrière eux Paris, son stress et ses embouteillages, mais ils n'osaient pas aborder la question avec lui, persuadés qu'il ne serait jamais prêt à renoncer à la ville.

– Moi, ça ne m'étonne pas ! réplique Papa. Rappelez-vous comment il s'est épanoui en quelques jours, aux dernières vacances ! Ce garçon est intelligent, c'est certain, mais jusqu'à maintenant, rien ne le motivait. Ici, il a découvert la mosaïque. Grâce à toi, Inès, il s'est intéressé aux chevaux... et à bien d'autres choses, je crois !

Ne relevant pas l'allusion, je demande :

– Et ils arrivent quand ?

– Ils descendent ce week-end pour visiter des maisons à louer. Ton père a déjà repéré plein d'annonces et pris des rendez-vous pour eux.

# Sébastien

– Tu peux attraper ce paquet, Seb, ou c'est trop lourd ?

– Non, vas-y Papa, envoie !

Je remonte l'escalier vers la maison que mes parents ont louée dans un village proche de la Lounade. Raoul est venu donner un coup de main pour décharger les plus gros meubles. Lui et mon père sont perchés à l'arrière du camion de déménagement, tandis que Maman et moi transportons les cartons.

Alors que j'en saisis un particulièrement chargé, le père d'Inès remarque :

– Dis donc, ton fils, il a pris du muscle, non ?

– Oui, tu as raison, bientôt il sera plus fort que moi. C'est bien utile lorsqu'on fait les courses.

– Parce que tu arrives à l'emmener ?

– Sous la menace, oui !

– Bon les gars, vous n'avez pas fini de papoter ? les interpelle ma mère. Et on dit que les femmes sont bavardes…

– Je ne relèverai pas cet affront, répond Papa.

Occupé à les écouter, je n'ai pas entendu la voiture approcher, ni les portières s'ouvrir et se refermer. Mais lorsque les roues du fauteuil crissent sur le gravier derrière moi, je me retourne vivement. Répondant au sourire d'Inès, je m'élance vers elle et nos yeux, qui se retrouvent enfin, se racontent déjà nos futures chevauchées à travers la campagne.

**Merci aux personnes suivantes pour leurs témoignages, leur soutien :**

Katia, Gilles et Séverine
du centre équestre de Sainte-Fortunade (19)

Imane et Nadine AHMED

Philippe BARRAQUÉ

Erwin BLIESENICK
pour sa pérégrination stellaire

Gervais DESGROLARD
Association des Paralysés de France-Corrèze

L'IEMSU (Institut d'Éducation Motrice Scolaire et Universitaire) de Couzeix (87)
Gérard PASQUET
Marine FRICAUD
Clémence MATHIEU
Sandrine LACOMBE
Thomas GRANET
Loïc BRICNET
Christine PRADEAU

Le collège Fernand-Lagrange de Pierre-Buffière (87)
M. DELANIER
Marjolaine FAUCHER
Sacha ROUSSEAUX

Sandrine DEROCHE
Magali OUACIF
pour leurs conseils et leur lecture attentive

Le centre équestre L'Étrier Briviste (19)

## LES AUTEURS

Au début de cette aventure, **Didier JEAN** est compositeur, **ZAD** est peintre.
En 1993, sous l'impulsion de Zad, ils entrent dans l'écriture main dans la main, ou plutôt à deux voix. En effet chez eux, tout passe par l'oralité. Le premier lance une phrase, l'autre la rattrape au vol et la complète avant de la relancer à son tour. Et de bond en rebond, feuille et stylo passant de main en main, le texte se construit.
Ils commencent à écrire pour les tout-petits. Avec de grandes images en couleur, ils racontent des histoires simples, où les héros se frottent à la vie, chez Hachette, Casterman, Milan, Nathan.
Toujours à quatre mains, ils s'adressent aux plus grands. Ainsi, ils publient des albums et des romans chez Syros, à l'Atelier du Poisson Soluble, au Seuil, ou encore La Martinière.
Jour après jour, ils poursuivent leur métier d'auteurs-illustrateurs avec la même exigence, continuant de semer des graines et d'emmener leurs lecteurs en promenade hors des sentiers battus.

Ce tandem insolite vit sans certitudes, sauf peut-être une seule : il faut créer pour sourire à la vie. Récemment, ils ont ressenti le besoin d'un espace de liberté pour développer une ligne éditoriale réservée à la création d'albums. Ainsi est née 2 Vives Voix, leur « cabane » d'édition. En 2013, Didier JEAN et ZAD fêtent leurs vingt ans d'édition. Retrouvez-les sur : www.didierjean-zad.com

## L'ILLUSTRATEUR

**Didier Garguilo** est né en 1974 à l'île de la Réunion. Lorsque sa main rencontre un crayon pour la première fois, il découvre une chose merveilleuse : quand la main file droit, elle trace une ligne droite comme un horizon, et lorsque la main tourne, la ligne s'arrondit comme un chat qu'on caresse !
À dix-neuf ans, il quitte son île pour entamer des études de dessin à l'école Émile-Cohl, à Lyon. Il a travaillé dans le dessin animé avant de se consacrer avec bonheur à l'illustration et la bande dessinée. Il vit en Loire-Atlantique.

**RAGEOT** s'engage pour l'environnement en réduisant l'empreinte carbone de ses livres
Celle de cet exemplaire est de :
590 g éq. $CO_2$
Rendez-vous sur www.rageot-durable.fr

PAPIER À BASE DE FIBRES CERTIFIÉES

Achevé d'imprimer en France en avril 2014
sur les presses de l'imprimerie Hérissey
Couverture imprimée par Boutaux (28)
Dépôt légal : septembre 2013
N° d'édition : 6098 - 02
N° d'impression : 122134